与情敌同居

Rivals Under the Root

方悄悄 著

中信出版集团 · 北京

图书在版编目（CIP）数据

与情敌同居/方悄悄著. 一北京：中信出版社，
2017. 8
ISBN 978-7-5086-7356-1

Ⅰ.①与… Ⅱ.①方… Ⅲ.①中篇小说-小说集-中国-当代 Ⅳ.①I247.5

中国版本图书馆 CIP 数据核字（2017）第 052083 号

与情敌同居

著　　者：方悄悄
策划推广：中信出版社 (China CITIC Press)
出版发行：中信出版集团股份有限公司
（北京市朝阳区惠新东街甲 4 号富盛大厦 2 座　邮编　100029）
(CITIC Publishing Group)
承 印 者：上海盛通时代印刷有限公司

开　　本：880mm×1230mm　1/32　　印　　张：9.25　　字　　数：189 千字
版　　次：2017 年 8 月第 1 版　　印　　次：2017 年 8 月第 1 次印刷
广告经营许可证：京朝工商广字第 8087 号
书　　号：ISBN 978-7-5086-7356-1
定　　价：39.00 元

目 录

与情敌同居

>>> Part One

不管曾经经历过什么，我们似乎一个也没有成熟到对生活游刃有余的程度。

1

今天，我跟何洋吵了一架，为了房子的事。

起因是我去就业的学校签三方，鼓起勇气问了工资的事，结果令我大为沮丧：第一年每个月拿到手的钱可能三千不到。

房贷一个月要六千还多。

那是三年前，我跟何洋刚考上研究生的时候，家人提前为我们买的房子，之前除了父母帮忙，也一直出租来填补房贷。不过，那家租户今年已经到期搬走，按照之前的计划，我跟何洋会一起搬进去，领个证，之后的房贷就得我们自己来交了。

但是，就在我搬进房子的那一天，何洋对我说："我们分手吧。"

他说，是因为他爱上了别的女人。

那之后的日子对我来说就像噩梦，现在，噩梦过去了，我们好歹可以像一对正常的怨偶，坐在一起喝个咖啡。

但是今天，何洋还是把我惹火了。

"为什么你的工资这么少？你实习了那么久都没问工资的吗？"

这种不食人间烟火的说法实在是……他知道那个小学多少人打破了头要进吗？

再说，原本也是我们两人商量好，我找一个工作解决户口，他找一个工作挣钱养家，现在变成这样，难道不是他的责任？

我这么一说，何洋也生气了，说他本来就不赞成提前买房子，平白无故给我们的生活增添了负担，一毕业就要为房贷发愁，生活中所有的可能性都没了。当时，哪怕我素质稍微差那么一点，就会高喊着“什么可能性，不就是你移情别恋的可能性吗”，然后把咖啡泼在他头上，但现在，不知道应该后悔还是庆幸，我到底没有这么做。

喝完咖啡，尽管没有人提议，尽管双方都还余怒未消，但很奇怪，我们却像过去一样，在学校里散起步来了。经过教九的时候，正赶上下课时间，路上的人一下多起来，像过去一样，总是有女生偷瞄他。这也正常，因为何洋个子高大，像模特一样宽肩长腿，客观地讲，长得相当好看。每当我向他指出这点的时候，他都是一副不以为然的样子。他总是说，男生要长那么好看干什么？这种说法不讲道理，但正体现出他单纯、直率的性格——这也曾是我爱他的原因。

当然现在，我已经不再爱他了。我是说，我一向认为，爱不是一种单方面的行为或意愿，而是两人互相依恋、互相关怀的状态。唯有在这种状态里，人才拥有爱。也就是说，只要其中一个人说“我们分手吧”，爱就不复存在了。所以，在何洋对我说分手以后，我也就严厉禁止自己再关心或者依恋他。我们之间只剩下一些事务性的联系，比方说，要对双方的家人暂时隐瞒这件事，再比方说，房子。

不过今天，就算我已经切断了跟他的情感联系，也仍然感觉到，他有心事。

“你有什么心事吗？”我忍不住问。

我希望他不要回答，但他却回答我说：“有。”

我甚至有种感觉，他其实早就想跟我说这件事了，只是一直没有找到合适的时机。

而这件事的严重程度，是我万万没想到的。

2

我跟周晓说起这件事的时候，她的第一个反应，居然是靠在沙发背上，哈哈哈地乐了起来。

我耐心地等她笑完，非常诚恳地问她：“有人给你点穴了吗？”

这句话又让她重新倒回去笑了半分钟之久。

然后她说：“大快人心，贱男自有天收啊！”

“你严肃点！”

“我很严肃啊，郑华娟，难道不是这样吗？他婚前劈腿大龄女，却没想到大龄女还带了个娃，过门就要当后爸……”

但是，当她听了故事的完整版之后，就乐不起来了。

在我告诉她，我已经同意让带娃的大龄女搬来跟我一起住之后，她陷入了深深的思考。

“郑华娟小姐，我能问你一个问题吗？”

“可以，你问。”

“请问你这样做的目的是什么？”

……我不知道。

我真的不知道。如果说，这是为了装好人挽回何洋的心，我还没有那么愚蠢。如果说，是因为这母子俩没有地方可去而暂时收留，我又还没有那么高尚。

我想，做出这个决定的根源，在于我的“不在乎”。

我不在乎何洋是否跟我分手，也不在乎他爱上的是何许人也，我在乎的是房子，是这个房子所代表的、我为自己规划的清晰如昔的未来之路。房子的确是在我的坚持下，双方父母才凑钱帮我们买的。当时我和何洋都没有购房资格，房子就挂名在他有北京户口的姐姐名下。现在看来，这个决定无疑是正确的。当时觉得已经贵出天际的房子，经过三年两轮的暴涨，又贵出了将近一倍。说句不好听的话，男朋友没了可以再找，房子如果卖掉，可能就再也买不起了。

“何洋是明确说了，房子归你是吗？他姐姐会同意吗？”

这就是问题所在。

我跟何洋的姐姐何娜相处一直不是很愉快。所以我必须争取何洋的帮助，在我拿到户口、房子过户给我之前，不能让何娜知道我们分手的事。

所以，归根到底大概因为这个，我答应了何洋的请求：让他的女朋友，还有他女朋友的孩子，暂时住进我的家里。

也可能是因为钱……何洋说，房租按照合租算，一个月两千五，押一付三，他们在搬进来之前，会把钱打到我卡上。

一万块，一个半月的房贷。

我缺钱这件事大概太明显，本来约周晓出来我说请她吃饭，但周晓还是抢着把单买了。我有些不好意思，说上班领工资以后再请她，她不在意地摆了摆手。

她大四毕业就找了工作，在一家公关公司，收入应该不错，现在已经完全是一个都市白领的模样了。而我呢，自己也知道，无论怎么刻意打扮，还都是一副学生样。三年时间，是工作还是继续上学，真的给人带来很大的差别。当年我本来也打算直接工作来着……但这件事情还是不想为好。

走出餐馆的时候，下雨了。周晓叫了出租车，一时间我们也不知道干什么好，就一起沉默地看着雨滴。她忽然开口："有句话说了你别生气。"

"说。"

"我忽然有点理解何洋了。"

"为什么?"

"因为……算了。"

"不要说一半留一半，快说。"

"我有点理解他，因为你们也太……相敬如宾了。"

这就是周晓这个人让人生气的地方：总喜欢站在一个貌似客观的角度指手画脚。

但朋友之间根本不需要这种客观。我认为，在涉及到情感问题的时候，首先要考虑能不能维护朋友。尤其有时候只是一句话的事。那句话不说也不会死，但她偏偏要说出来，我当然不会因为她的直爽而开心，只会理解为：她就是想刺伤我的感情。

毕竟她虽然工作不错，可是没房、没户口，也没有男朋友。

“你在想什么？你是不高兴了吧？”周晓问我。

“我在想一个问题。”我慢慢地说，“如果是我，假设如果是我，当了第三者，你会说，我做得也有道理，可以理解，还是会骂我一顿，跟我绝交呢？”

“你这个问题太奇怪了！”周晓说，“你怎么会去当第三者？”

“万一呢？假如呢？”

“哎呀，你别傻了。”周晓似乎有点不耐烦地说。不远处，出租车的车灯已经亮起来了。

3

今天，是何洋的女朋友要搬进来的日子。

何洋说，因为之前的房东要赶他们出来，所以搬家也搬得很急。我之前问过何洋，他会不会过来帮忙，他嗫嚅了半天，最后说他要加班。

也对，他毕竟没有那样厚脸皮。

那会是一个什么样的女人呢？我忍不住地想。

到底是个美女还是丑女？

她如果是个绝顶漂亮的女人，我到底会感到愤怒，还是心服口服？

在她搬进来之前，我做了无数种猜想。下午五点半，我回到家，过了不一会儿，钥匙在门里旋转，有人走了进来。

是一个普普通通的女人。

半长的头发没有做什么发型，穿着牛仔裤和黑T恤，整个人都是那么普通，那么黯然无光。

她进门的时候，我们打了个招呼。在那一刻，失望刺痛了我，我不知道这算不算是一种势利：我宁愿她是个大美女。

她普通到这个地步，只说明，我在何洋的心里，早已经连普通都算不上。怎么会落到这个地步？我心里一阵刺痛。

她搬来的前三天，我们说话没超过三句。

首先，是她摆出了一副不愿意交流的架势。她东西好像非常少，搬家公司只上来了一趟，我晚上去洗澡的时候，客厅已经被收拾得干干净净，走进浴室，也只多出来了一瓶洗发水和一瓶沐浴液。洗脸台上没有洗面奶，也没有各种各样的护肤品。第二天早晨，我听到开门、关门的声音，那时候才七点多。而我晚上回家的时候，她的房门又已经关上，里面隐隐透出灯光。这样来看，她跟何洋根本没有时间约会，我觉得有点诡异。

更诡异的是她那个小孩子，是个小男孩，五六岁的样子，按理说正是淘气的年龄，却安静得好像不存在一样。有两次我们在卫生间外面碰见，他都有礼貌地让我先上。

小孩是讨人喜欢的，但我不想理他。

我一贯讨厌小孩子，在小学上班以后就更讨厌了。那些欺软怕硬的小孩完全是混世魔王。实习的时候，我带过一年级的小孩。一开始想对他们温柔些，结果他们一下子就好像看透了我一样，课堂上鸡飞狗跳，嗡嗡讲话的声音把我的说话声都能盖过去，我只能吼他们，可是，吼了不到一分钟，他们又故态复萌。

有经验的老教师说，这是孩子看你性格好，在欺负你。以后你自己带班了，一开始一定要凶，把他们凶怕了，才会服你，不要想着跟孩子交什么朋友，难道你生活里没有朋友？

问题是，她说的可能是对的。无论从哪个方面讲。

4

我们学校就业指导中心的老师曾经对毕业生说过一番话，我至今记忆犹新。

他说："签好了三方协议，理论上说，你就不再是学校而是社会的一员了。虽然我们经常说学校是个小社会，但它跟真正的社会比，仍然要单纯得多。个人社会化的过程不可避免，什么东西都要大家自己去经历。我唯一的希望是，大家在这个过程中，不要变得愤世嫉俗，也不要任意随波逐流，要记得你离开学校那一刻的理想，当你可以选择善良的时候，希望你选择善良。"

他说得很动情，当时有很多女生都红了眼睛。而我呢，这番话在三年以前，我原封不动地听他说过一次，自然也就没有什么感觉了。

社会化进程……意味着吃不上食堂的廉价饭菜，要住进花钱的房子，意味着生活要重新开始。虽然我的社会化是从一个学校进入另一个学校，但这个过程依然给我带来了足够的烦恼。

我签了三方的小学是一家著名小学的分校，才刚刚成立了两年，周围所有的一切，都还有待这座小学的存在而发展起来。现在的实际情况是：什么都没有。

午饭只能在一家看上去有点年头的店里买个肉松面包。

坐在学校的长椅上就着瓶装绿茶啃面包的时候，冷不丁一个人坐到我旁边，对我说："你也吃这个啊！"

此人是我一同进校的应届生，首师大的，身高可能还不到一米七，面相倒还算白净，但不幸已经略有点秃顶了。

他告诉我，网上说了，这一家的肉松面包是京城老字号，十分有名。他说话，我能听出来，带有明显的西北口音，但是，既然我们都在办北京户口，他就已经俨然以北京人自居了。

我咬着面包，不想跟他搭话。京城老字号卖的肉松面包并不好吃，一股非常新鲜的丘比沙拉酱味道。沙拉酱倒是放得十分大方。

"你一个人吃午饭吗？男朋友不陪你吃？"

我清楚，一般男的这样向女的搭话，就是想要试探一下的意思。如果对方回答"我没有男朋友"，他就会认为这代表了一种追求的默许。心里忽然升起一阵怒气，就凭你也配试探我？我站了起来，把面包扔进了垃圾桶。

这件事我本来没放在心上。没想到第二天，在开周例会的时候，我们英语组的组长用半开玩笑的口吻对我说："小郑，你要注意同事关系啊。学生时代的那一套我行我素要收起来喽。”

我一惊，还想问自己怎么不注意同事关系了？这时候组长接着说：“还有，昨天的消防安全知识培训，你是不是睡着了？我知道，在课堂上睡觉是大学生的习惯，可你已经是老师了，你们师大的校训是什么？学为人师，行为世范，要以老师的标准要求自己。”

跟我一起参加消防安全知识培训的人只有“首师大”一个。

开完会，我们在走廊里狭路相逢，我没跟他打招呼，可他追到我背后：“你怎么啦？好像不开心哦。”

“没有，很开心啊，哈哈。”

“你是不是对我有什么误会？”

“哈？没有啊。”我说。

“没有就好。那就明天一起吃饭吧。我们一起进来的三个应届生还没一起吃过饭呢。”

“三个？不是只有两个吗？”我问。

“后来又进了一个，清华数学系的，本科生，临时补录的。”他说，“本来只有两个，现在变成三个。我当时就说，这不是相当于第三者吗，哈哈哈哈哈哈。”

第三者。好幽默哦！

真想伸出拳头堵上他的嘴。

然而就在此时此刻，我决定迈出个人社会化进程的关键一步。

我微笑着对他说：“好，一起吃。”

挤公交车回到家里，我已经精疲力竭。厨房亮着灯，原以为那女人在里面，但却是那个小孩，踩在凳子上，煮方便面。

我进屋关门，拿了本书想看到睡着，这时听见敲门声。

小孩问我："你要一起吃面吗？"

5

"你们知道，今天请你们俩吃饭，是为什么吗？"

第二天，我们三个坐在学校附近的郭林家常菜馆里，还没有点菜，"首师大"就迫不及待地向我们两个发问了。

"不知道。"

"已经确定了。因为本来今年只有两个招聘名额，现在招了三个，所以我们要延长一年的试用期，户口要试用期结束以后才能给我们办理，而且届时可能淘汰一个。你们明白这意味着什么吗？"

这我当然明白。如果事情真是这样，那么，我们的户口就成了问题，至少在试用期结束之前无法落实。不过，淘汰一个的话，我是北师大英语系的，另外一个是清华数学系，跟首师大相比，至少我们赢在了起跑线上。

清华的大概跟我一个想法吧。总之，我俩都没说话。

"学校这样也太过分了！"见我们没什么反应，"首师大"拍了一下桌子说道，"这是为什么呢？还是因为北京户口太值钱了啊。如果没有户口，那就要五年之后，交满社保才能买房。房价现在一年至少涨12%，再算上以后孩子上学、高考，可以说，一个户口的价值不低于五百万。现在北京市对户口越卡越紧了，我有个学长去当村官，一个月才拿一千多，本来说当三年以后就能调到街道然后给办户口的，结果现在好像要变卦，他急得想在网上发帖，还是被我劝住了。”

接着，他环顾了我们两人，用一种推心置腹的口气说：“说真的，如果不是为了户口，谁愿意拿这么低的工资啊？本来我可以去一个外企，工资不低于八千的，上班还在 CBD。我现在来到这鸟不拉屎的地方……”

“对不起，我去上个厕所。”清华的男生忽然站了起来。

他刚刚离开座位，“首师大”就对我说：“清华的就是了不起啊。他肯定觉得自己是绝对能留下的，其实数学好不代表教学好。”

“你是学什么的来着?”

“马克思主义哲学。”

他的口气听上去很骄傲。

后来清华的人回来了，这顿饭也草草地吃完了。吃饭的时候，“首师大”一直建议我们联合起来向学校抗争，让学校最好能取消这种不公正的做法。这种事……怎么说，我们又不是三岁小孩子。

准确地说，我又不是三岁小孩子。清华的那个男生是怎么想的，我无从得知。吃完饭以后，他问我往哪个方向走，我说，去公交站，他就也默默地跟了过来。

公交车过了一辆又一辆，偏偏没有我要等的车，也没有他要等的。为了推进个人的社会化进程，我跟他闲聊：“你很喜欢小孩子吗?”

“没有啊。为什么我要喜欢小孩子?”

“那为什么你清华毕业要来教小学……”

谁知道，我的话被他粗暴地打断：“你可别这么自以为是了！”

他的声音听上去很不客气，一点都没有开玩笑的意思。我一怔，上了公交车——虽然那不是我要等的那趟。

一上公交车，我就开始哭，过了一站，下来打了一辆车回家，在出租车上也一路哭着。我其实不想哭，但是眼泪止不住。可能是有人冲我眼睛打了一拳吧！

回到家，付完出租车费，我身上就不剩下什么钱了。本来已经哭得差不多了，但是，站在水果摊前看见新上的樱桃，发现自己买不起的时候，不禁又悲从中来。

这时候，有人在我身边说：“妈妈，我想吃樱桃。”

“那就买一些吧。”妈妈说。在水果摊前，我泪眼朦胧地跟这个女人对视了一眼，她很快地垂下眼睛，对她的小孩说：“那你多买一点，我们待会儿跟姐姐一起吃。”

6

没想到今天是阴天，这种清朗凉爽的阴天，在北京是非常少见的。

因为是这种天气，早晨就醒得晚了，万幸的是，我跑到公交车站，正好一辆409路开了过来，好歹赶在八点前到了学校。

当我踩着预备铃声，一步并两步跨上楼梯的时候，清华男在我身后喊了一句：“你不要急啊！”

我回头看了他一眼，没有停下脚步。气喘吁吁地跑到办公室，里面却没有一个人。清华男没几秒钟就跟着进来了，口气又像在教训我：“都说了不要急。”

想着昨天被他气哭，现在真的不想理他。但为了搞好同事关系，我挤出笑脸，尽量自然地对他说：“怎么陆远也没来啊。”

结果他像惊呆了一样看了我几秒，最后笑起来说：“我是陆远。”

啊？

“我是陆远，他是王海涛。”他说，“你搞混了。”

然后他跟我解释了为什么王海涛没来，因为今天学校领导带队去本部交流，王海涛作为新教师代表，跟着一起去了。

“你怎么知道的？”

“他主动跟我说的啊，可能很自豪吧。”清华男说，然后又加了一句，“对了，昨天，对不起。”

“什么对不起？”

“我说话态度不好。其实我不是那个意思。”他好像又想了一下，说，“作为道歉，我请你吃饭吧。”

“真你请？”

昨天，王海涛虽然说的是“请你们吃饭”，但最后买单的却是我。

“当然我请。”他说，“而且，我还要告诉你一件重要的事情。”

结果这件重要的事情是……

吃饭的时候，他愁眉苦脸地说：“我其实特别讨厌小孩。”

“那你为什么……”我问到一半，又赶快住口了。

“是啊，你也看出来了，我还特别讨厌人问我这样的问题。为什么读数学系，是不是因为喜欢数学？不是，我本来填的是金融，结果分数有点不够被调配到了数学系。为什么来教小学，是不是喜欢孩子？不是，我本来也想去投行，但是我挂了一科，好不容易在毕业之前搞定了，只能找到小学的工作了。”

“你挂的哪科？”

“马克思主义哲学。”

我扑哧笑了。

“不过昨天还是很对不起你。这段时间我太暴躁了，因为总有人说，你不要以为自己是清华毕业的就骄傲，到了社会上大家都一样……我想说我哪里骄傲了？对了，我好像看见你在车上哭了。”

“我没哭啊。”

“真的，对不起，我后来反省了一下，你戳中了我三个暴怒点。”

“哪三个？”

“第一个，你清华的如何如何，第二个，你为什么要来教小学，第三……”

我以为第三条一定非常重大，没想到，他却泄了气似的，声音也低了下去：“我讨厌年纪大的女孩那么说我，就好像很了解我似的，就那种把我当小孩子的口气，气死人了。”

可你这样就像个小孩子啊。我这么想，只是没说出口来。

意识到我的心理活动，他的脸上出现了那种绝望的神情，好像在说："啊，你看，你又……"

"你是不是被年纪大的女孩伤害过？"我问。

看着我的眼睛，他真诚地回答："是。"

"表白被拒了？"

他摇摇头："比这还惨。"

"跟你借钱？"

我本来只是开玩笑，但没想到，他慢慢地点了点头。

然后他问："对了，你比我大多少，两岁？三岁？你们师大的研究生读几年？"

"三年。"

但这对话不知道哪里总怪怪的。

7

昨天天气预报说降温到二十度以下我没在意，谁知道今天早晨一醒来，我就病了。

先是打了一连串强劲的喷嚏，然后嘴里一阵苦涩的味道，头也一阵发蒙。几乎在同时，我就意识到，马上要大感冒一场了，赶紧打了个电话给主任请假。

屋里居然没有手纸了，我只能去卫生间扯，穿过客厅的时候，那个小男孩也在。他愣愣地看着我，忽然尖叫起来："姐姐，你流鼻血了！”

我可吓死了，我原以为自己只是感冒，但流鼻血感觉像得了绝症。小男孩倒是很麻利，打湿一块毛巾放进冰箱里，过了一会儿，用力摁在了我的后脖颈上。

“这样有用吗？”

他回答我说：“肯定有用。你哪边鼻孔出血？就把另一边的手举起来。”

不知道是不是他指导有方，鼻血很快就止住了。我回到屋里开始睡觉，很困难地强迫自己入睡，因为（我认为）身体只有在睡眠中才能被修复。半睡半醒之间，感觉到有人在我身边走动，给我的额头上放了冰袋，并且问我“要喝水吗”，我点点头，接过杯子一饮而尽。

我以为那个人是何洋，但并不是。醒来的时候我就知道不是。是那个小男孩，他敲着门说，他要做午饭了，问我想吃什么。

所谓想吃什么，也就是选择哪种口味的方便面而已。

我一边吃着红烧鸡翅口味的方便面，一边听着小男孩给他妈妈打电话：“嗯，是的，姐姐已经醒了。我给她做了方便面。”

那边像是在叮嘱着他什么，他“嗯嗯”地应着，忽然放下电话，伸过手来摸了一下我的额头，认认真真地蹭了几下，又摸了摸自己的。

然后他又拿起电话说道：“还有一点点烧。”

那边还在说什么，小男孩频频点头。我担心他会突然把电话拿过来让我听什么的，幸好没有。挂了电话，他转过头来，严肃地对我说："我妈妈说，你要多喝热水。"

我笑了。

把方便面汤喝得干干净净，出了一身大汗。天气已经真的热起来了。

傍晚时，那个女人回来了。我能清楚地听见她进屋的响动，听见小男孩上前迎接。心里莫名有一阵温暖又有一阵酸楚：他们在这生活得像一个家庭。

他们搬进来以后，何洋一次也没有来过。这也是最开始约好的。我说，我不想看见前男友和现在的女朋友在我面前遮遮掩掩。何洋当时的表情很奇怪，不过他说，好。

小男孩又到我这里来敲门，说他妈妈买了西瓜，请我一起吃。

出于礼貌，这一次我没有拒绝。

西瓜在餐桌上切成齐齐的六份。那女人从厨房拿出了三把勺子。

我再次确认了她的容貌。平常的、黯淡的、没有任何波澜的。

"就拿勺子吃吧。"她说，声音很低沉，也很平常。

忽然之间，我哭了起来。

我哭了大概十分钟左右。在这段时间里，这个女人一直若无其事地吃着西瓜。小男孩倒是有些忧心地问我："你是不是不舒服？"我哽咽地回答说："没有。"

丢人的是，大概是因为哭泣用掉了太多水分，我哭完之后口渴得不行，迅速地把西瓜吃了个干净。

那个女人收拾完西瓜皮和桌子，我向她道谢。她说："不用谢。

该说谢谢的是我们，你让我们住这儿，给我们省了这么多房租。”

尽管我烧了一天有点迷糊，但是，房租不是一个月两千五吗？押一付三，那笔钱早已经打到了我还房贷的卡上，现在应该被扣掉了一大半。我有点恍惚地琢磨着，难道这个地段的房租这么贵？应该收她三千、四千？然后，我明白了。

“我没有给你们省房租啊。”我说，尽量保持着平静，“何洋有跟你们说不要房租吗？”

“是啊，他说这是他姐姐的房子。”

就这样，我迎来了真相大白的时刻。

8

“你说，你怎么就突然哭起来了呢？”周晓问我。

“我哪儿知道！”

我告诉了她，那女的不知道房子是我的，也没有在跟何洋谈恋爱。何洋对那女的说，他姐姐的房子本来给我们两个人住，但他跟我分手了，所以不方便住进来，空着也是空着，所以让她和孩子来住。这一系列算是爆炸性的消息，周晓却全没听进去，相反，她特别介意的只有一点，就是我为什么突然哭了。

“你心理出问题了。上次是不是也是被人说了一句，就莫名其妙地哭了？被那个清华的。”

我承认我哭了，但绝对不是莫名其妙的。

“当然，不是莫名其妙，我用词不准确。”周晓说，“就是，这种反应特别能代表你现在所处的心理状态。”

周晓说，这种心理状态叫做“应激障碍”。

也就是说，我现在因为遭受了巨大的伤害，为了自我保护，所以整个人变得迟钝了。

“真的，特别典型，就是对大事很迟钝，但一点小事就会造成强烈的刺激。”

“你是不是读武志红读傻了。”

周晓从大学时期就热爱心理分析，是武志红的忠实粉丝。但此时她对我攻击她的偶像置若罔闻，“你现在需要疏解情绪，再继续压抑可能会出大问题。你要不找个心理医生看看呢?”

“找何娜那种？算了吧。”

“谁让你找那样的，何娜那种真的太 low 了。”周晓说，“不过，我前几天还在电视上看见她了，一个调解节目。”

“调解什么?”

“好像是讲一对夫妻，丈夫不赚钱养家，还持续出轨，还家暴，然后这次跟着一个女的跑了，要离婚，结果女的死活不离。”

“那调解的结果呢?”

“男的回归家庭，女的反省自己的问题。因为她以前一直是圣母心态，用无原则的付出来控制丈夫，给丈夫很大的压力。”

周晓讲完这点，我们俩面面相觑，不禁同时感觉到看心理医生可能并不是什么好主意。

话说回来，我到北京以后，其实就见过何娜不到十次。第一次见，她是一副贵妇模样，满口北京话，请我和何洋吃福楼，并且挑剔我的西餐礼仪。第二次见是一年以后，她离婚了，而且是净身出户——好像多少拿了一点钱。她把那点钱投入股市，血本无归。北京房价猛涨，她抑郁了，从原单位辞职，并且开始学习心理学课程。她成为了心理咨询师。大四那年，我和何洋买房找她商量，能不能挂在她名下，她答应了。等我有了北京户口，或者我们有了购房资格，她就会把房子过户给我，条件是我们给她房子增值部分的 20%。

现在何娜过得怎么样呢?

既然已经上了电视，应该已经是著名心理咨询师了。

“对了，你怎么会去看那种调解节目?”我说，“你不是天天忙得要死吗？再说这种也跟你画风不符啊。”

不知道为什么，周晓一下呆住了。

“我就放松一下头脑。累了一天了，看这种……就吵吵闹闹的，特别放松。人生给自己那么多规定干什么？谁规定就只能一直高大上了？有时候世俗一点自己会觉得特别轻松。真的，你也试试吧。”过了半晌，她才回过神来似的说了一串，搞得我也有点尴尬了，因为我真的只是随口问了一句而已。

然而就在这时，周晓说出了让我目瞪口呆的话：

“要不你也去报名一个调解节目吧。”她说，“我觉得挺合适的。把一切都说开，把真正的问题找出来。当然你不能报何娜那个。”

“当然啊，我疯了啊，这事儿让何娜知道我就完了。你今天怎么啦?”

“没怎么。”周晓定定地坐在那，眼睛往上看了一阵，好像是在严肃地思考“我怎么了”这个问题。

然后她说：“不过你肯定不会去报调解节目的对吧？”

“我肯定不会报的。你今天到底怎么啦？”

“没怎么。”她说。

9

手机上有二十多个何洋的未接来电，我根本不想理。

倒不是在逃避什么，而是……学校正式找我谈话了。

谈话的内容，没想到（其实应该想到）真应了王海涛的预言，虽然结果上略有出入。教务主任说，今年只能给我们之中的两个解决户口。另一个呢，因为学校的争取，可以用别的形式获得户口，只是需要交纳一定的费用。

我问：“陈老师，所以这个人是我对吗？”

他大概没想到我会这么直接，还呆了一下：“当然不是！只是原则上优先考虑男生……你不要着急，学校也还在争取……”

我问：“您跟他们俩说过了吗？”

“还没有。”

“那我去跟他们俩说吧。”

说完这句话，我就走出了他的办公室。当然我不可能去找那两位，甚至我刚才都不该说这句话，这句话意味着对抗，而不是给自己解决问题。但我无法控制。刚才的感觉就好像听到何洋对我说分手，那种感觉像脑子里的空气一下被抽掉了，完全无法思考。

这种情况下，我只能凭本能作出反应。我讨厌哀求，也讨厌纠缠。

也许是家庭造成的。我和何洋都是单亲家庭，这也是我们最开始认识的原因。高三那年，我们俩的父母都离婚了。因为很少有父母会在孩子高考前离婚，这件事在学校里成为了不大不小的谈资。

是何洋主动来找我的，他想告诉我，不要难过。

那时候我非常感激他，也认为他非常善良。不过相处下来，我还是觉得，他比我要幸运。他的父母是和平分手的，母亲很快就嫁给了自己多年的追求者。而我们家呢，在父亲有外遇的那些年里，只有无穷无尽的纠缠、威胁、羞辱。

我在心里发过誓，绝不能重蹈覆辙。

走到校门口的时候，发现来了一辆卖水果的车，上面堆满了绿色的小甜瓜，两块钱一斤。

在炎热的天气里散发着甜蜜的香味，更重要的是，这是我现在唯一吃得起的水果了。买了几个正在等找钱的时候，陆远骑着车从不远处过来，见到我，举起单手“Yo”一声打了个招呼。

这一扮帅，他差点从自行车上掉下来。

“买甜瓜啊！”他好不容易保持住平衡，“我最喜欢吃甜瓜了！”

我只能表示：“那请你吃吧。”

“那我带你去一个吃甜瓜的好地方。”他拍了一下自行车的后座，“上来吧。”

他说的吃甜瓜的好地方，是学校操场旁边的一个小花园。之前，我根本没注意到还有这么个地方。海棠花谢了之后，树阴显得很浓密。一条长椅的后面，蔷薇开得乱七八糟的，散发出微酸的香味。

“我新发现的，这是学生的恋爱角。”

两个穿校服的小孩，一男一女，看上去像六年级的学生，手拉着手走过来，看到椅子被我们占了，一脸嫌弃地走开了。

“现在的小孩啊……”他赞叹般说道。

我把甜瓜擦干净，我们俩咬破绿色甜瓜薄薄的外皮，连皮带籽地吃了下去。

“你在发愁户口的事情吧。”吃完瓜，他伸手抹了抹嘴，说，“我听说了。”

“嗯。”

“其实没什么大不了的啊，我一直不明白户口有什么重要的。”

“那是你以为。”

“真的，你难道没想过自己这辈子还要去很多地方吗？可能永远都不回来了。”

“这跟有户口不矛盾啊。”

“哎呀，跟你怎么说不通呢。”他看上去有点烦躁似的，忽然伸出黏糊糊的手，“啪”地拍了一下我的头。

我还没来得及发火呢，就听见他急促地说：“我户口不要了。让给你吧。就当感谢你请我吃甜瓜，行了吧？”

“为什么？”

“这种好事临到头上，你居然还要问为什么，你赶快答应啊。”

“为什么?”

“你这个人真的!”他好像很生气，站了起来。我还紧张了一下不知道他要干什么，但他居然跑到自行车那儿，狠狠一下踢开了脚撑，飞快地骑走了。

10

刚回家的时候吓了一跳。

客厅里乱七八糟的，另一间屋子里的全部东西都好像被搬了出来。

然而最吓人的不是乱糟糟。而是在这一团乱糟糟的中心，站着何洋，他满脸的眼泪，哭得不像样子。

我见过何洋哭，当然。高三暑假，我们偷偷收养的一只流浪狗病死的那天，他也是这样哭的。之前，他爸爸跟一个二十多岁的女人结婚了，他姐姐离家出走，那时候，我想安慰他，他却表现得一如往常。

“因为真的没什么难过。难过的时候，我才会哭。”

跟我说分手的时候，他也没有哭。

听见我回来，那女人从屋子里走出来说：“对不起，小郑，我今天跟何洋谈过了，他才把真实情况告诉我。所以我下午找了一个房子，明天一早就搬家。”

“你干嘛这样！又没有人要赶你走……”何洋往脸上擦了一把，吼着说。

我不由自主地跟着点了点头。的的确确，我没有想过赶她，从来没有。

“这不是谁赶不赶我的问题。是我自己要走，我不能在这种情形下继续生活下去。”

“那你问过小河吗？小河想不想走？”

有一瞬间，这个问题好像把她打败了，她的脸上流露出犹豫、困惑的神情。但是紧接着，她又恢复了刚才那种强势。

“小河我会跟他解释。他会理解的。”

“你总是这样！你什么时候真的问过小河的意见？”何洋看上去好像要崩溃了，“他还是小孩，他当然只能说理解了！”

这时候，好像是听人提到自己，叫“小河”的男孩从屋里走了出来。

本能地，我上前一步，隔到了他跟何洋之间。我真是害怕要对着小孩子问“你跟爸爸还是跟妈妈”这样的问题，不管发生任何事，这种问题都很恶劣。

然而，接下来发生的事情我们谁也没想到。

我跨过去的那一秒，小男孩顺势牢牢地抓住了我衣服的下摆。

我，我们三个，听见他清清楚楚地说：“我不想搬家。我想住在这里，跟姐姐住在一起。”

11

“你几点下班，我去找你吧。”何洋发微信说。

五点半我走出学校，果然看见他站在校门口等。他高大的身影，无论在哪里都那么扎眼。

我叫了他一声，他看过来的时候，被下午的太阳刺得眯起了眼睛。

“天气热起来了啊。”他说，“你们这附近有咖啡馆吗？”

“只有一间上岛。”

上岛咖啡馆里有很重的油烟味，还有人在打双升级。我跟何洋一人点了一份意面套餐。

“昨天真的……”

“嗯。”

“他们没搬吧？”

“我出门的时候还没有。”

然后，我们很久没有说话。意面套餐端上来了，无论是奶油蘑菇意面，还是肉酱意面，看上去都是稀里糊涂的一团，让原本饥肠辘辘的人也顿时食欲全无。何洋问我想不想喝点啤酒，我还没回答，他就自己要了一杯。然后，他就像忽然打开了一个开关似的，开始讲他和那个女人——周映晓的故事。

他们是在何洋实习的一家创业公司认识的，何洋在产品团队，而周映晓负责设计。本来没有什么印象，但是有一天，何洋注意到她被老板叫进办公室，听人说是因为她拒绝加班。

那天晚上，何洋和她一起加班到很晚。说不上是故意的，反正，产品不停改需求，这种事情也挺常见，设计只能配合。到了夜里一点多的时候，她问何洋，自己能不能带到家里去做，因为儿子还在家等着她。

何洋顿时觉得很不好意思，觉得是因为自己一开始没做好才让设计加班到这个点的，于是他说送她回去，但周映晓不让，何洋认为，这么晚了她一个女人一个人回去不安全，说："要不我陪你坐一会儿，让你老公过来接你吧。"

周映晓看着何洋，非常平静地说："我没有老公啊。"

何洋愣住了。最后，他还是坚持叫了个车，送了周映晓回家。

那是一个特别老旧的小区，离公司也很远。"我送她到了楼下。那栋楼整个黑漆漆的，只有顶楼，也就是六楼的一间还亮着灯，她说那就是她的家。她儿子在她回家之前都不会关灯。我想送她上去，但她坚决不让了，忽然我有种感觉，就是她其实并不住在那里，等我走了她就会离开，消失，我可能再也见不到她了。所以我就站在楼下，看着她一直上楼，楼梯间的声控灯随着她的脚步，一层一层地亮起来。等那些灯全都熄灭以后我才回了学校，从宿舍一楼的窗户翻进去的时候还摔了一跤。不知道为什么，我心里特别难受。"

然后第二天他再去上班，没看见周映晓，下班的时候才听说她已经辞职了。

于是他跟疯了似的，凭借头天晚上的印象找到了周映晓家，看见她正在准备搬家。

“在那一刻我决定，绝对不能失去她，也不是失去，就是说，我想到以后可能再也见不到她，就觉得特别难受，心像被挖空一样的那种难受。她说她搬家是因为房东要加房租，她辞职以后负担不起，我就跟她说，让她再缓几天，我姐姐有一处空房子，本来是在出租的，正好五月份可以空出来，然后，就可以让她住进去。”

“然后你就……”

然后，何洋就跟我提了分手。

他一直是个光明磊落的人。只是，那边对他分手这件事好像全无感应，而他也一直不敢更进一步。

“我不是故意要伤害你的，如果我能控制住自己，我绝对不想伤害你。可是，我有时候想，其实跟我分手，对你也造不成什么伤害吧……自从那件事之后，你变了很多很多。可能是我的错，我应该那时候把那个人揍一顿，或者随便干点什么，但是我没有……这个错误已经不能挽回了……我很后悔。”

“别提那件事，已经过去了。”我软弱地说。

我们都知道，他说的是哪件事。

我刚大四的时候，因为学校推荐，进了一家福利很好的事业单位实习，我也很想留在那里。当时，我们竞争的有两个女生，我无论是专业成绩还是实习的口碑都胜过她，因此也认为自己稳操胜券了。

然后，实习快结束的时候，负责我们那个部门的领导，说请我吃饭。我没想太多就去了，结果去的地方是个度假村，进去之后直接换上浴衣，小小的包间里只有我和他两个人。

我当场哭了起来，夺门逃了出去。

然后，那份工作自然也与我无缘了。

这件事，我只跟何洋和周晓说了，跟别人都没说，对自己的家人更是绝口不提。事情发生在十月底，我第二天就去报了本校的研究生，不眠不休地开始复习，内心希望这件事早日过去。从某种程度上说，我做到了，我早已不会再从梦中惊醒，也不会在看到类似的新闻时就忍不住掉泪，但是，这件事同时也带走了我心里的……某种东西。

我再也不是一个天真无邪的少女了。

在意识到自己势单力薄之后，我急切地想筑起一座堡垒保护自己，这座堡垒的组成部分包括房子、户口、一份安稳的工作、一个丈夫、想象中坚不可摧的婚姻生活，等等。在这个过程里，说我变得实际也好、冷淡也好，我一天天往自己设定的目标前进。我只是没想到，就在我认为最不可能出错的地方，偏偏出了问题。

我和何洋在一起已经那么多年……我曾经无条件地信任他，并且知道，他对我也是如此。

“我昨天跟她见面了，她问我，为什么要撒谎，说房子是我姐姐的，她很生气。我不知道怎么说，就告诉她，我想跟她结婚，我们共同抚养小河。你知道吧，那个孩子一直没有户口。可是她非要搬家不可。一想到再也见不到她……”

何洋的声音里充满了痛苦。

“我该怎么办呢？你能告诉我吗？”他说。

这时候，卡座后面忽然跳起一个人影。

陆远走过来，绕到何洋面前，冷静地对他说：“你这个混蛋！”

然后狠狠给了他一拳。

12

“我其实不想打他的，但我实在忍不住。”

“别说了。”

我推着陆远的单车，心烦意乱地走在去公交站的路上。他的眼睛也被何洋揍了一拳，暂时睁不开。眼睛睁不开，就保持不了平衡，这是他的原话。中间有几分真实就只有天知道了。

“你怎么了，你生我气吗？”

“我没生气。”

“啊，你的公交车好像来了。”

我已经上了公交车了，因为这一站上车的人多，车子还没有开动。我从窗口看出去，陆远扶着自行车，垂头丧气的样子，瘦小的身影看上去有种莫名的可笑。

在公交车的后门关上的一瞬间，我跳了下去。

他好像吓了一跳。就好像我要打他似的，退后了一步。

“你眼睛真没事？”

“跟你说了有事，但你刚才不信嘛。”

“好像肿了……去我家，我给你做个冰敷吧。”

“我的车怎么办？”

“我带你吧。”我说。

到家的时候，累得一身臭汗。气喘吁吁打开门，发现周映晓还没回来，小男孩在厨房里煮泡面。

“小河，上次我发烧的时候，你给我做的冰袋还有吗？”

他点点头，从凳子上下来，打开冰箱门翻找。这时候锅开了，汤水溢了出来，我赶紧扑过去一下关掉了煤气。

“这样多危险啊！”我训斥小孩。

“如果你不打扰他就不会出这事了。”陆远说，“你对学生肯定也很凶吧？”

提到学生，我又一阵心烦，但是，我努力不让这种烦恼表露出来。小河把冰袋递给我，我递给了陆远。他自来熟一般在客厅的沙发上瘫倒下来，一只眼睛被冰袋遮住，另一只眼睛却在四下张望。

“很刻苦嘛你。”他扫到了我放在茶几上的一年级教参和课本，“你不是教英语吗，怎么还看其他科目？你连练习册都买了？”

“你管我啊！”

这时候，他脸上忽然露出一个神秘的笑容。

“我知道了。”

“你知道什么啊，你看都看不见。”

“你在教他读书吧？”

我一下呆住了。不过，练习册打开，那稚嫩的笔迹是无法伪装的。

为了给下学期做准备，我的确一直在给周小河上课。时间上，是从他第一次请我一起吃方便面的时候开始的。但是我和周小河约好，这事谁也不能告诉。因为妈妈知道了会难过。

周小河说，他妈妈找了一份新的工作，虽然免不了要加班，但是工资很高。等攒够了钱，他们可能会换一个城市住，想办法花钱给他上一个户口，那时候就可以上学了。

“我的户口要花很多钱的。”周小河说，“所以妈妈很辛苦。”

“你妈妈什么话都跟你讲啊。”陆远认真地说，“她是一个好妈妈。”

周小河点了点头。

“所以，你妈妈已经答应你不搬走了吗？”

“她答应了。你眼睛好点了吗？要不要换一个冰袋？”

“我想吃方便面。”

我站起来：“我去端。”

“小河你去吧。”他厚颜无耻地说，“我要跟郑老师说句话。”

小孩的身影刚从客厅里消失，他一下就握住了我的手。

我全身一紧，以为他要说什么吓人的话，结果他深情地说：“你真是个好人。”

手机响起来，我赶紧甩开了他。

是周晓。

她在电话那头，用一种特别平静、但又让你知道一定有大事发生的口吻，对我说：“你再跟我说一次那个女的名字。”

我有点莫名其妙。因为觉得跟她名字很像，所以跟她提起过。现在这是哪一出，她难道要给人家算命？

“上次你跟我说她叫周映晓，我当时心里就一咯噔。”周晓说，“这个名字太熟悉了。”

“你肯定熟悉啊。”

“不，不是，不是那种熟悉。”周晓说，“我在三里屯 Page One，你过来请我吃饭，我当面告诉你。”

本来我不至于过去，因为我知道，如果我不过去，她一定还是会在电话里告诉我。周晓这个人从来藏不住什么秘密。

但是这时候，我听见周晓发出了一声尖叫。

那边传来一阵吵闹声。

我霍地站了起来。

厨房里的锅子“哐”的一响，周小河也发出了一声惊叫。

我和陆远赶紧跑了过去，看见灶台边的凳子倒了，一锅方便面翻倒在他的脚面上。

陆远一把抱起了周小河：“哥哥带你去医院！”

我都快要哭出来了，然而，冷静了一下头脑之后，我对陆远交代：“你赶紧帮他把鞋脱下来，用冷水冲一冲。然后出小区门左拐，走十分钟就是社区医院，医药费你先垫上，我回来给你。”

周晓那边出什么事了？我再打她手机已经打不通了。

13

找到周晓的时候她已经不在 Page One，而在三里屯附近一家偏远的 pizza 店，面前摆着一份动都没动的海鲜 pizza。

晚上八点，正是三里屯人民的晚饭时间，那间店里居然没什么人，可见难吃的程度。

“我知道你会来，我就知道你会来。你最仗义了。”

“我还以为你遇上人贩子了。”

她的嘴边掠过一丝颇有些苦涩的笑，问我：“网上会有我的视频吗？当时我好像看到有人在拍……你帮我搜三里屯 Page One。”

“你自己怎么不搜？我手机都没流量了。”

她的回答出乎意料，也让我觉得心酸，她说：“我不敢。”

“放心吧，不会有的。”

“你怎么知道?”

我没回答。

“你还记得你问过我，”她重新捡起了话头，“你问过我，如果你哪天当了……第三者，我会站在哪边。我现在想问，你呢?”

“那男的什么人啊?”我问。

是那个调解节目的制片人。周晓跟他是在一个武志红的读者见面会上认识的。他说，自己也喜欢武志红，把那本《为何家会伤人》读了很多次，很多东西都对他做节目非常有用。

“你喜欢他什么呢？就因为他懂心理学?”

周晓仰着脑袋想了想：“可能是因为他成熟，因为我有恋父情结，以前交往的男生都太幼稚了。”

“也可能是因为你一直没人追，特别想要个男朋友，他一下就看出来你好骗。”

“他没有骗我！”周晓激动道。但是她自己很快也发现，这个声明缺乏说服力。她的脸上还有几道抓痕，头发被人剪得乱糟糟，看她这副凄惨的模样，我也不忍心再对她说什么。我们毕竟是朋友。

“他告诉过你他有老婆吗？”

“没，他没说。”

“那你也不问？”

“我不敢问。”

“人渣。”我说。

“你说这件事我要不要告诉他？”周晓问，“刚才我坐在这里，我就一直在想这个问题，我要不要告诉他，如果告诉了他会怎么样？可是我不敢给他打电话。”

“为什么啊？”

“因为是我没有问他，他才没说的，我不想给他一种我在谴责他的感觉。”

“你应该是怕他不接你电话吧。”我说，“你不要想了，这件事，他一定站在他老婆一边。”

周晓沉默不语，那神情就好像看穿了一切一样，过了几秒钟，眼泪开始扑扑簌簌掉下来。我不知道她接下来会怎么办，会到底忍不住给那个男人打电话还是怎么样，因此就收走了她的手机。那间pizza店里还是一个人也没有，几个服务员在百无聊赖地聊天，有时候又像忽然想起什么似的跑过来，不停地给我们杯子里加柠檬水。

这顿饭还是周晓买的单。自从她工作以后，每一次都是这样，让我请她吃饭，但最后她又忍不住要买单。如果能像有些人衡量爱情一样，用金钱衡量友谊，那么周晓对我的友谊，比我对她的要多得多。

不知道为什么……我也不好意思告诉她：我还是站在你这一边。

14

我打开家门的时候，听见客厅里有个什么东西掉在了地上。

准确地说，是有个人从沙发上滚到了地上。

是陆远。我问他："你怎么还没走？"

他好像刚睡醒，还回忆了一下："我在等你们其中一个回来。"

周映晓还没有回来。陆远说，他带周小河去了社区医院，烫伤不是很严重，清洁后又抹了一些药膏，基本没事了。"就骂了我一顿，说我让孩子端那么烫的锅，是个不合格的家长。"他气愤地说，"我看起来有那么老吗？"

"他妈妈其实也很年轻。"我说。

陆远警觉地看了我一眼，似乎从我这句话里窥出了什么端倪，但他没有追着问下去。周映晓还没有回来。我偷偷打开周小河的房门看了一下，他好像睡着了，或者是假装睡着。我对陆远说，送你下楼吧，但他拒绝了，说还想在我家再待一待。

"去阳台待着呗。"他说，"我看你们家阳台不错。"

“阳台上可脏了，钱不够，一直都没封。”

他走过去，轻轻拉开了隔着阳台的玻璃门。阳台底下，正好对着小区的路灯，看得见昆虫在灯的旁边嗡嗡环绕。然而，夏日的夜空十分晴朗，也让人觉得很凉爽。他伸手抹了一下阳台的边缘，然后半个身子靠了上去。

“你男朋友长得很帅啊。”他开口说话。我礼貌地回答：“是吗，我都没感觉了。”

之后则是长长的沉默。

“没什么事你还是回去吧。明天还要上班呢。”

他笑了起来：“我总是忘了还要上班。一到夏天来了，总想打瞌睡。上次我还被我们组长骂，说我还没进入社会。”

“你们组长说的挺对啊。”我说，“你真的还像个小孩子。”

“你也好不到哪去。你只是看起来成熟。”他说，“我们同学有的比你成熟多了。”

到底成熟的人是什么样？我真心实意地感到困惑。我曾经认为我比何洋要成熟，因为我比他看得更远，能更实际地规划我们的生活。我也曾经认为周晓很成熟，因为她工作以后很快就买得起名牌包，能拿到年终奖，经常抱怨公司的人事斗争，并且欧洲日本满世界地跑。但现在看来并非如此。

不管曾经经历过什么，我们似乎一个也没有成熟到对生活游刃有余的程度。

我也把上半身斜倚在阳台栏杆上，略微偏过一点头，看着小孩子一般的陆远。不知道为什么，他一副气呼呼的模样，嘴闭得紧紧的，像是在说，拒绝跟我讨论任何问题。

但在我想着怎么把他劝走的时候，他又开口说话了。

他问我："你是不是还很爱你的男朋友?"

"哈?"

"不然你为什么要留着这个房子。"

"你想多了，这是我的青春损失费。"

他"噗"的一下笑出来，笑完又很不开心地说："你这人不老实。"

"不信算了。"

"我当然不信。你不但留着房子，还让这两个人住进来。"

"是为了还房贷。"

"不要自欺欺人了。"他说，"你就是还爱他。"

"我不跟你说了，你根本不懂。"

我还记得，说他像个小孩，说他什么都不懂，是他的暴怒点。但是他并没有如约暴怒起来。"你们当年是谁追的谁啊?"他问。

"也没有追……"我说，"就很自然地在一起了。"

"为什么?"

"可能是因为……同病相怜吧。我们都是单亲家庭。爸妈刚离婚的时候，我在网上看到一个帖子，有人说，绝对不能找单亲家庭的孩子结婚，因为一般心理都有问题。"

"胡说八道。"

"可能真的有点问题吧，不知不觉的。比如说，如果是健康正常的家庭的孩子，是不是谈起恋爱来就更自然？恋爱就恋爱，分手就分手。可是，如果是单亲家庭，一说到分手，很容易就会觉得被欺骗、被抛弃……其实不是这样的，对吧？分手很正常，不分手才不正常。可能是我太不正常了。”

“别理心理学那套，都是骗人的，谁没点缺陷啊？我觉得单亲家庭的孩子也有很多优点。”

“比如说？”

“我刚才送小河去医院的时候，还跟他道歉，说我不应该让他去端那个锅子。结果他反过来安慰我，还让医生帮我看眼睛。他比一般的孩子有礼貌，体贴得多。”

“嗯，小河挺好的。他很关心别人……关心他妈妈，也关心我。”

“他妈妈到底什么样，我很好奇。”他盯着我，“你觉得她怎么样？你刚才说她……”

“没什么啦，你眼睛怎么样？”

“还好吧。”他回答，“医生说明天可能会出现淤青，让它自己消了就没事了。”

“你真的该走了，明天还要上班。”

“我想看了周小河的妈妈再走。”

“你就那么好奇吗。”我绝望地说。

那天晚上我们一直等，周映晓却一直都没回来。

早晨四点多的时候，天已经亮了，我听见他轻轻地敲了几下我的房门。

“你醒了吗？我走了啊。”

我醒了，但我装作没醒，躺在床上一动不动。

他静静地在门口站了好一会儿……然后，他走了。

15

原以为陆远会迟到，没想到，他到得比我还早，眼睛那儿果然多了一坨乌青。

他踩着他的自行车在校门口转来转去，明眼人都能看出他在等什么人，不过也可能是因为我心虚吧。

我很生气："你都这样了怎么还来上班？"

而他本人则很无辜地反问："不是你自己昨天说了好几遍'今天要上班、今天要上班'的吗？"

"不和你说了。再见！"

结果课间我就听到嘀嘀咕咕，说新来的年轻教师当第三者跟人抢女朋友，被打了。

王海涛则义正严辞地反对："不要管人家私事啊！"

我还在想这家伙什么时候知道了"私事"这两个字怎么写，结果中午出学校吃饭的时候，他神秘兮兮地问我："陆远是不是有什么状况？"

"我怎么知道！"

"我还以为你们俩很熟呢。"王海涛毫不尴尬，"他是不是有什么麻烦了？他刚发微信问我，他有个亲戚的小孩，户口不在北京，能不能到我们学校借读。”

“那能不能呢?”我不动声色地反问。

“你说，该不会是他的私生子吧?”

“你有毛病吧!”

这句话说得太大声，身边一个年纪挺大的教师经过，看了我一眼。

“我跟你开个玩笑嘛。对了，你户口怎么样了?”

“学校说在给我争取解决。”

“你啊，不能凡事都等着学校给你解决，你自己要主动点。学校就是怕麻烦，你要是不去找，他们乐得不管。你得给学校施加压力。”

再跟他说这个话题，恐怕没完没了了。我拿起手机，装模作样地翻了几下，说有朋友找我，站起来走了。

然后我发现，自己翻的是周晓的手机。

我们约好，明天晚上在昨天那家 pizza 店见面，把手机还给她。

本来说三天，但她怕她领导追杀她。

我看了一眼，她手机上微信条数已经多得不显示了，大概是有什么工作群。但是未接电话没有——那个男人没有给她打电话，不知道她知道这个消息之后，是会如释重负，还是更加伤心。

就在我考虑干脆把手机给她关了的时候，忽然一条短信进来。

一个她没有存的号码，但我却是有印象的。

那个号码问：周晓，你跟我说实话，何洋跟郑华娟出什么事了？他们是不是分手了？

我一下炸了。

是何娜啊！她怎么会问周晓这样的问题？我必须问周晓，她是怎么知道这件事的，她大概知道到了哪一步，但是，联系不到周晓。QQ上没有回复，微博发私信也没有回。是我让她断网的，但她这也断得太彻底了。

而且我太了解何娜了。联系不上周晓，她的下一步会是打电话给何洋，再下一步就是找我。

我给何洋打电话，打了三个，可他不接。

何娜的电话打过来，我也没接。她的短信果然追过来："你怎么了？怎么不接电话？何洋怎么也不接电话？"

我哪知道何洋怎么不接电话！接下来我马上要去上观摩课，不接电话的原因也可以搪塞过去。就在我努力做了十多个深呼吸，准备去办公室拿文件的时候，电话再一次响了。

这一次，是周映晓。

"小郑，"她的声音很平静，但我已经能听出她在平静下强压的一丝焦灼，"你现在方便吗？"

"方便，你说。"

"你能回一趟家，把小河带走吗？随便带到哪都行，注意别让人跟着你。"

我……

"何洋不能去吗？"

她似乎犹豫了一下，说："我不想找他。"

但是，我的的确确马上要去上观摩课。我打电话给陆远："你下午有观摩课吗？”

“没有啊。”

“那你帮我个忙。”

交代完以后，他听上去有些兴奋：“会有人跟踪是吗？为什么？谁跟踪？”

“我不知道！总之你小心点。千万别让人把小河抢走了，知道吗？”

“知道了，郑老师。保证完成任务。不过到底怎么回事啊？”

“没时间跟你说了。等你办好我跟你讲。”

昨天，周晓在擦干眼泪之后，没有忘记跟我说起周映晓的事。

“这个名字我太有印象了。”她说，“你大四的时候，你还记得吗，就你被那个猥琐领导坑了之后，我在网上拼命搜，想看看能怎么治这种人。那时候我就搜到了有一个叫周映晓的，因为名字跟我只差一个字，所以特别有印象。”

“你搜到她什么？”

“搜到好多，不过，提到她真名的是一个网络寻人启事。说她拐带儿童逃跑了。”

巾帼英雄。

周映晓在大四考研那一年，遭到导师潜规则。一般来说，这种事情谁都会忍气吞声，顶多不考罢了！但那一年，周映晓做出了一件堪称惊世骇俗的事情：她向学校实名揭发了这位中年学术带头人。那时互联网还没有如今这样发达，周映晓也没把这事闹上网。帖子是周映晓的同学发出来的，在一个学校内部的BBS上。因为没有确凿的证据，学校偏袒男方，这件事眼看就要不了了之。

但是这时周映晓说，她怀孕了。孩子生下来，做亲子鉴定，就可以知道是不是导师的孩子。

“那最后做没做呢?”我多少知道一点，亲子鉴定，也可能遭到对方拒绝。

网上没有说。

这件事成为一个惊天丑闻之后，旋即风平浪静。

“现在看来，是她带着孩子跑掉了。”周晓一边说，一边有些兴奋的样子，在 pizza 店里端起一杯咖啡，手微微地发着抖。

这就是周晓告诉我的关于周映晓的故事。

16

“你好，你是郑华娟吗？周小河现在在我手里。”

我听着一个陌生号码打过来的电话，那边声音压得低低的。先是吓了一跳，然后马上想发脾气，那是陆远在搞恶作剧。

“他怎么样？你给他把烫伤药膏也带上了吧?”

“他情绪平稳，你就放心吧。现在我正在教他打游戏。”

“你不回学校了吗?”

结果他特别自然地回答了一句：“我辞职了。”

想骂人又骂不出来，我就把电话挂了。

他马上又打了过来，这次用了自己的号码。

“刚才好玩吗?”他笑嘻嘻地问，“我用软件做了个假号码拨号。”

“你怎么不去搞诈骗呢?”

“你不要生气。”他说，“我本来想辞职之前跟你商量，但是一想你又不会同意，所以就算了。没关系啦，你别往心里去，反正我真的很讨厌小孩。”

我无言以对。

他辞职原本就不用跟我商量。

然而，他并不是害怕我不同意才突然辞职的。

恐怕我们两个内心都知道：他辞职这件事，我嘴上可能会说两句，心里却可能在暗暗企盼。希望他无视我的反对而辞职，也许这就是我的真实想法。

我可能的确如他所说“是个好人”，但这种“好”的限度在哪里？我们暂时都没有勇气探究。

17

我知道自己总要见何娜，这件事到了她那儿，才算有个了结。

但我没想到我见她的时候还有别人在场。

她说，他们俩是在我家楼下遇见的。那个男的旋即站起身，非常礼貌地跟我打招呼说：“打扰了。我是……孩子的父亲。”

我问：“什么孩子?”

结果何娜马上呵斥我："怎么说话呢！"

面对我时，她从来就没有心理专家的循循善诱。在我的印象中，她长了一张不耐烦的嫌弃的脸。

嫌弃我学校不如何洋，嫌弃我个子不够高，嫌弃我家不够有钱，买房的时候出钱没有她家多。

我曾经试图为她的行为开解，但是，最后只能找出一个理由：她讨厌我。

当一个人讨厌你的时候，就不用去问原因了，因为只会自寻烦恼。何洋跟我一直以来的宗旨就是少跟她联络，这也是他不愿意买房的原因之一——他怕他的姐姐。

"你跟何洋分手多久了？"何娜问。

"我们没有分手。"

"那你们怎么不住在一起？为什么让一个来历不明的女人住在你们家里？"

"什么来历不明的女人？"我说，"我不认识。"

"你不要再说瞎话了！"何娜怒气冲冲地喊了一句，"那女的不是何洋现在的女朋友吗？你怎么回事，还要袒护这种女人！"

"哪种女人？"我问，"你不是个女权主义者吗，你怎么这么说话？"

何娜一下噎住了。我看她马上就想打我了。这时候，那个男人适时地插话了。

他的声音倒是蛮好听。

他说："我和孩子母亲的事情，刚才已经跟令姐解释过了。其实，她选择过哪种生活、和谁谈恋爱，我都认为是她个人的自由。但我也认为她应该为孩子考虑。这些年我一直都在找她和孩子，但只要有一点线索，她马上就会发现，然后辞职、搬家，甚至换城市，这么居无定所，惊弓之鸟一样，孩子的心理能健康吗？而且，孩子一直没有办法上户口。眼看他已经到了学龄，所以我不得不动用一些关系，加紧寻找。如果不能按时上学，孩子的前途就完全耽误了。”

我无言以对。我想说，孩子的心理很健康，而且，孩子的妈妈正在想方设法让他上学。而且，就算暂时不能上学，他一定也没问题，因为他一直是个能干、坚强的孩子。但我现在还拿不准他知道了多少——他好像还不知道周小河的名字。

“郑华娟，我觉得你现在要以一个成年人的方式来解决问题。”何娜说，她一贯这样连名带姓地称呼我，尤其是在她不高兴的时候，“把孩子的下落告诉孩子的父亲。然后我们再来谈房子的事。”

“房子的事情早就谈好了呀。”我说。

“那是在你和何洋会结婚的前提下。现在你们俩还会结婚吗？”

“当然会！”

“何洋也这么说吗？”

“不信你问他好了。”

何娜开始给何洋打电话。在大家都用微信的时代，何娜永远是一言不合就打电话，这种行为习惯曾给我带来莫大压力。她一遍打不通，皱着眉头，看看手机，又打第二遍。打到第五遍的时候，何洋接了。

不知道他们在那头说了什么。

何娜放下电话对我说："他正在往这边赶，一会儿就到。"

18

"我已经跟周映晓登记结婚了。"

这是何洋进了包间之后说的第一句话。

这句话，他是无畏地对着他的姐姐和那个男人说的，我从来没在他脸上看到过那种表情，我看着他的脸，觉得全然陌生——他已经不是我认识的那个男孩了。

桌边围绕的人都没有说话，周围的世界也好像消失了。就像在梦中被人开了一枪那种钝钝的痛楚，在梦中整颗心都要高呼着"这不是真的"。但这一次，就是真的，没办法拒绝的真。

"我已经跟周映晓结婚了。"何洋说，"我们会去她的户口所在地做亲子鉴定，正式收养小河。"

然后，他转向那个男人，口气中充满嫌恶："你就不能放过她吗？你害得她已经够惨的了。"

男的脸色变了。

刚才那种温文尔雅的气息就像剥皮一样剥掉了，他显露出狂怒的神态。"我害她？是她害我！当时我就要当副院长了，她害得我事业没了，家庭毁了，还带走我的儿子，我这么多年好不容易才找到她，我……"他霍地站了起来，接着又颓然地坐下去，沉默了几秒钟以后，他刚才好听的声音恢复了，顺带恢复了他那种讲道理的姿态，他说道："你还太年轻，不知道这意味着什么。不要跟这种疯狂的女人在一起，真的太可怕了。爱情是靠不住的，她只会用所谓的爱情来伤害你，伤害周围所有的人。"

"说得太对了。"何娜同意道，"这个女人的背景很可怕的。刚才我已经了解过了，她和她妈妈、她外婆完全是一个类型，都是下意识地寻找一段让自己被伤害、被抛弃的关系。这种女人太可怕了，就跟我有一期节目里说的一样，她是一个爱的黑洞。何洋，你离她远点。"

"我再说一遍，我们已经结婚了。"

这时候，那个中年男子把目光转向了我。

我忽然明白，在他的心里，我一定跟何娜一样，是他的同盟军。

我忽然感到无比的恶心。

"你们都是些人渣!"我大喊了一句，冲出包间。

19

"你打他了?"周晓问我。

我闷声点了点头。

何洋在路上拦住了我。我劈头盖脸打过去的时候，他连挡都没挡。

“他没抱住你痛哭流涕什么的？”

没有。

打完以后，我们都很懵。然而，他马上问我：“小河现在在哪里？”

“你告诉他了？”

没有。

我是来给周晓还手机的。我们在那间 pizza 店门口碰面的时候，店员拦住我们，说这间店要关张了。

“你们就不能坚持到最后一刻吗？”周晓蛮不讲理地说，“叫你们老板来。”

最后店员妥协的结果是，我们不能点任何东西，但可以自己带上饮料坐在里面。周晓于是在旁边的便利店里买了十瓶苏打水，拎了进去。

有时候，在这种莫名其妙的地方，她真的能体现出作为“社会人”的一面。

“你帮我把手机里的消息都删了吧。”周晓说，“密码是我的生日。”

“真的要删吗？工作群有八百多条消息。”

“全删了。那帮人一天到晚就知道瞎 BB。”周晓忽然把嗓门提高了一度，“服务员，能把空调温度开低一点儿吗？”

服务员很明显白了她一眼，但还是拿起了遥控器。

空调嗞滋地冒着凉气，窗外的树木已经变得浓绿。真的已经到来了，夏天。

“以前我们都不是这样的，对吧？”周晓说，“你还记得吗？大三的时候我交了一个男朋友，特别提倡环保，然后我就逼着你们一整个夏天都没开空调。”

我记得。我还记得，当时虽然热得心烦气躁，但另外四个女生吵起来的时候，我还是站在了周晓这一边。

“你这个人就是挺盲目的。”周晓说，“我也不知道我们为什么成了好朋友了，其实可能就因为我们碰巧住上下铺呗？可是，你在心里认定我是你朋友之后，就简直无原则地对我特别好了。”

想了想，她又加了一句：“你都没想过，我可能不值得你对我这么好。”

值得吗？我的确从来没想过。即使是现在也没想。现在，我对她多少有些怨恨，但我也知道，那其实不是她的问题。

她把我和何洋、周映晓的事情告诉那个制片人了。告诉的时候当然没有提到姓名，但没想到，对方真的拿这个案例去策划组里讨论了，而且何娜就是策划组的一员。

她从“两人都是单亲家庭，房子买在姐姐名下”，一下就推测出这是我跟何洋。

“我现在才知道，他们那个调解节目，有时候可能是真的，但是大部分时候，都是找人去演的。自己听说个什么案例，觉得还行，就扔到策划组去讨论，去添油加醋，然后找些群众演员来演。下作。猥琐。我瞎了眼。”周晓恨恨地说。

“你为什么要把我的事情告诉那个猥琐男啊？”

“那时候不觉得他猥琐……那时候觉得他特别厉害、特别成熟，希望自己能跟他一样，希望自己能对他有用，希望他觉得我在无论什么方面都超过他老婆……就什么都跟他说，跟献宝似的。对不起，小娟。”

“……没事。反正都已经这样了。”

“我打电话过去骂他了。”

“你手机……”

“我还有一个单独跟他联络的手机。”周晓承认，“结果，他对我说，这一切都是理所当然的，调解节目就是该这么做，不然就没有收视率，听他这么说话的时候，我特别恶心……我挂掉电话，就把手机扔马桶里了。”

“iPhone 吗？”我没精打采地说，“还不如送我。”

“其实，我想问，”周晓小心翼翼地看着我，“你是不是一直也不是想要那个房子，而是不想跟何洋分手？”

同样的问题，陆远也问过我，他也认为，我之所以坚持要留着房子，甚至让周家母子住进去，都是为了想挽回这段感情，把何洋留在身边。相比于未知、缥缈的关系，房子总是一个实实在在的东西。只要房子还存在，迷途的男人总会幡然悔悟，重新站在家门口。也许吧！也许，我心底总有一个地方模模糊糊地存在着希冀，希望这一切不过是场梦，第二天早晨醒来，何洋会告诉我说，他仍然爱我，他一生都会爱我，就像他曾经笃定说出来的那样。然而，无论怎样的期待也总有期限……我不可能永远留在梦里。

“其实现在你还可以采取点行动。”周晓说。

“我知道。”

昨天后来，那个男人还跟我通过电话。大概是何娜告诉了他我的号码——他跟何娜一样，他们的人生里没有进屋之前要先敲敲门的概念，那种羞怯和礼貌的感觉跟他们无缘，他们总喜欢打电话，体会自己在某种方面的某种优势……至于到底是什么优势呢？我也说不清楚。

他要我把周小河的地址告诉他。

“周映晓这个人我了解，她不是那种爱情至上的人，她忽然跟你男朋友结婚，肯定是为了孩子。当年我们是没来得及做亲子鉴定，但是只要现在做了，我和我妻子一样有权利领养这个孩子。”他说，“这样她跟你男朋友的婚姻就没什么作用了，就算真的结了，很快也会离。”

如果当时他不是打电话，而是通过微信或者手机短信发给我这段话，可能效果就不一样了。

在电话中，他那貌似恳切的话语里，似乎总隐藏着什么东西。是一种自信。他相信自己说出来的每一个字，无论这些东西是多么冷酷，多么荒谬。

“你告诉他了吗？”

“没有。”

“为什么？”

“小孩跟着那种人，太惨了。”

“可是，你有没有想过，如果孩子跟他，可能以后的生活会过得更好？”

“我想过，可是……”我说，“我没法那样做。”

周晓沉默了一下。

“小娟，你放手吧。”她说，“你做不到的。”

“我没想做什么啊。”我警觉起来，感觉到她马上又要用心理学那一套分析我。

“你做不到的，何洋就是那样一个人，他就是想去救别人，但你救不了他。”周晓说，这些话我拿不准算不算心理学，“你太坚强了，也不是他的救助对象。不管你把小孩交给谁我都没意见，但是，你快放手吧。”

20

“要不我们领养小河吧。”陆远对我说。

“你不是讨厌小孩吗?”

“是啊，但是我跟小河相处得特别好。你想，如果我们领养他的话，他英语、数学肯定都没问题，可能会是个天才儿童。就这么定了吧。”

“谁要跟你定了啊!”我恼怒地喊了起来。而周小河则戴着耳机，在一旁面无表情地打着游戏。

我跟周映晓约好了，今天下午来带走小河。反正星期天也是闲着没事，我就提前了一点过来，顺便在路上的便利店给周小河买了点东西。

“你户口的事要记得去催学校。”陆远说。

“你就别操心了。”我问他，“你打算怎么办呢？找到新工作了吗？”

他盯着我，实实在在地看了两眼，回答道：“我准备出国。”

我呆住了。

仍然处于创伤应激状态的我，被这件跟自己无关的小事，惊得眼泪差点又要掉下来。

然而，对面的那个人这时却笑嘻嘻地说：“我逗你的。”

简直……

他毫无愧疚感地接着说：“我给你发微信你看见了吧？买冰激凌了吗？医生说，小河要多吃冰激凌。”

医生绝对不可能说过这样的鬼话。但是，我还是听话地买了冰激凌，而且买了很多很多，差不多把便利店里的口味买了个遍。小时候为了给不给我买冰激凌，爸爸妈妈总是要吵架。爸爸总是在天气刚刚热起来的时候就给我买冰激凌，而妈妈则认为只有最热的七月、八月才可以吃。那时候我曾暗暗发誓，等我自己赚钱了，想什么时候吃冰激凌就什么时候吃，想吃多少就吃多少——事实却是，在爸爸有了外遇以后，我就再没吃过冰激凌了。

直到今天。

“哇，这么多冰激凌！发财了！”周小河夸张地喊了起来。他和陆远一起，把头几乎埋进袋子里一阵翻拣。“我要吃这个红豆的！不，我要吃这个巧克力的！我要吃草莓的！我要吃这个鲤鱼的！”不知为什么，我又想哭，他越是高兴，我越是想哭。过了好一阵我才意识到原因：这是我们相处这么久的时间里，他第一次高兴得像个孩子。

“但是，这么多我们吃不完啊。”陆远说，“又不能给他带走，怎么办呢?”

“你放冰箱啊。”

“冰箱被我同屋装满了啊。”

“你什么同屋啊……”

这时候，他的同屋走过来打招呼，这一下我惊呆了：他的同屋居然是王海涛。

“哈喽啊。”王海涛说，“你来得好早。”

“你们俩什么时候……”

“你不要误会！我们只是普通的同屋。”王海涛说，“就一起工作然后在附近的小区里一起租房啊。绝对不是那种关系!”

听上去很有道理。只是，我一时有点适应不过来而已。这时候王海涛又跑回了自己屋，再回来的时候，手里拎了一双颜色蛮难看的 Crocs 式样的拖鞋，他郑重地对周小河说：“小河同学，你脚受伤了，这是王老师送你的礼物，你可以穿上。”

“谢谢王老师。”周小河道谢。

这个称呼——我一定没看错——这个称呼让王海涛脸上，露出了甜甜的笑容。

21

“你终于可以见到她了。”我低声对陆远说。

为了避免节外生枝，我们约在高铁站见面。陆远坚持要跟着过来，为了进站，还给自己买了张不知到什么地方的车票。

“她长什么样?”陆远显得有些紧张。我想了想，也不知道该怎么回答。她长什么样？这不重要。重要的是——“我觉得她很特别。”

陆远握住了我的手。这时候，我看见了何洋。他是那么高大，脸上一副严肃的神情，在人群中，我总是第一个看见他，我相信很多人都是如此。他向我这边走来，我下意识甩了一下陆远的手，但他反而握得更紧。

其实我一早想到何洋会跟着过来，虽然周映晓没有对我讲。在给我发的微信里，她并没有试图解释，自己为什么从一开始的坚决拒绝，到突然同意跟何洋结婚。当然可以把这一切理解为欲擒故纵，但我不想这么理解。

而现在，当我看见她跟何洋站在一起的时候，忽然明白了：他们真的是相爱的。是那种彼此吸引、绝对不能分开的爱情。是那种无论你怎么拒绝，最后还是会开口说“好”的爱情。

我跟何洋之间有过这种爱情吗？可能有过，但随着时间的流逝都已经消失了。原来爱情是会消失的……人们也会改变。这个事实让我的心里涌起一阵难言的酸楚。

在我的身边，我瞟了一眼陆远，他正紧紧地拉着周小河的手。

周映晓向我们走过来。在她的行为举止里，始终有种独特的沉静之感，以前我没有注意到，或者说刻意在忽略，但见到那个中年男人之后，我忽然明白了这种沉静从何而来。那是剧烈燃烧过自己的女人才拥有的一种沉静，是一个人在漫长黑暗的日子里无数次与内心想去疯狂的愿望搏斗才能拥有的东西，那是像黑曜石一般的沉静，我记得自己在哪儿读到过，那种宝石预祝着，今后不再哭泣，要获得幸福。

这时候我明白，他说她“不是个爱情至上的人”，这是彻头彻尾的谎言。

“何洋说，他想见你。”周映晓对我说。她从陆远手里接过周小河，摸了摸他的头发，说“妈妈带你去买点喝的”。

“我也去！”陆远慌忙说。

我跟何洋在熙熙攘攘的高铁大厅里四目相对。

“房子的事……”何洋说，“房子的事我跟何娜说了，等你拿到户口就过给你。”

“别说了。”

“我不知道能说什么，只能说这个。”何洋说，“小娟，对不起。”

他哭了。

一切都结束了，我们之间。

列车开始检票，这一家三口人通过闸口。忽然，周小河回头向我跑了过来。

“姐姐。”他穿着拖鞋一颠一颠地跑过来，抓住了我，“姐姐，请你原谅我妈妈吧。”

他还不如往我心上直接插一刀。

22

“你注意到了吗，周小河那个孩子不简单。”

“什么?”

“他叫你姐姐，叫我哥哥，叫王海涛王老师，叫你前男友叔叔。”

“哦。”

“从教育者的角度解读，你想说什么?”

“我想说……”我想了想，“他从小就要靠自己去理解世界，理解身边的每一个人，去制定自己的生存策略……挺不容易的。”

陆远沉默了一阵。

“其实，我们都是这样。”

回家的公车上，陆远一直拉着我的手。不知道为什么，他拉手总给我一种奇怪、别扭的感觉，我们这段好像已经开始的恋爱关系里，完全找不到少年时的忐忑和悸动。当公车一个急刹车，他整个人都倾过来靠在我身上，那时候我忽然有种恍然大悟的感觉：我感到害怕。害怕一段漫长、艰巨的关系，害怕要一点一滴聚集起的熟悉和信任，在两人之间，那种信任建立起来需要很多很多年，需要冲动、巧合、毫无理智的自我牺牲，需要近乎愚勇地将命运交给等待。

我和陆远之间能有足够的幸运，建立起这种信任吗？我完全不知道，主要是现在看起来，几乎没有这种必要。

“你现在打算去干嘛？”

“我回家，帮周小河把东西收拾一下。”我说，“发个合租广告，我又得找同屋了。”

“我跟你做同屋吧。”他大言不惭地说。

结果走到家门口，我们惊呆了。

门锁被打开了，一个穿着白上衣黑裤子的男人，还有一对年轻人站在客厅里。

“你们干什么！这是我的家！”

但是这么问完之后，我马上也就明白了过来。何娜把房子卖了！

问题是，这是完全合法的。

“房子卖掉的钱，按照当初各自出资份额，大家来分。我的20%我会先扣出来。你们还是占便宜了，这么多年的房贷都是我爸爸出的，我虽然是姐姐，可不代表我欠何洋的，这份钱我也该有一份。”何娜发来一条短信，这么说。

好咯，这女人就是要让大家都不好过。

但是，我也有一种理所应当的感觉：不知道为什么，我觉得站在她的角度，这一切都是合情合理的。

这样也好。

我跟陆远站在这栋即将不属于我的房子门口。

其实想起来，这套房子从来就没有属于过我。

“这下你真得跟我合租了。”陆远说。不知道为什么，他的声音里有着某种幸灾乐祸的成分。

而我呢，一想到要跟王海涛成为同屋，就在大夏天里发起了抖。

他咕叽咕叽笑起来。“昨天晚上王海涛邀我看一个视频来着，好像是你们学校老师说的，说让我们毕业以后，在能够善良的时候，要选择善良。他说他看哭了。其实不坏的，他那人。”

说完这句，他鼓励一般地轻轻握了一下我的胳膊。

“别害怕。”

我全身一震，好像有一阵微弱的电流从他的手指上传过来，在我的大脑皮层激起了一连串火花。

尽管微弱，但那是真真切切的火花。

我不害怕。

生活，不是由着别人希望而是我自己选择的生活，好像在那一秒钟，真真切切地开始了。

谁人是你一生中最爱

>>> Part Two

我相信他在那一刻的真诚，也相信他此时此刻的真诚。你就是我这一生最爱的人，任时间流逝，永不改变。每当这句话在人们心头涌起，那份爱意都是如此绝对，令人心醉神迷。然后我们很快就发现，爱是会改变的。我们会爱上别的人，爱得或许不是那么强烈，却一样真挚。爱就是这样。爱就像我们自身一样，又自私又软弱。可是，就是这样的不足挂齿、不值得嘉奖的爱，却仍然能成为我们生命的慰藉。

为了逃避责任而放弃一个人，是多么容易啊。

1

现在想起来，那天许珺就有点不对劲了。

离我们举行婚礼还有三十天的时候，我和许珺在商场转了半天，始终挑不到一件婚礼当天穿的小礼服。

看得上眼的价格都过万了。买得起，可就是舍不得。

“舍不得就是买不起。”某专栏作家如是说。

最后我们决定还是不买了。为了结婚那一天花这么大一笔钱毫无意义。“这钱不如就省下来用在蜜月旅行吧。”我提议。但许珺好像走神似的，过了几秒钟，才突然“嗯”了一声。

如果那时就注意到的话，就好了。但也许仍然于事无补。其实一直到最后，我仍然觉得许珺在隐瞒着我什么，这是整件事里我最难接受的地方……但当时的我却毫无觉察，因为我的心情完全被一件无关紧要的事占据。那时正值欧洲杯的尾声。意大利队即将迎战强大而年轻的德国队。回家的出租车上，广播里不间断地播放着赛前预测，主持人似乎是意迷：“我们大胆推测，如果这次意大利战胜了德国，那么是不是会复制 2006 年世界杯夺冠的奇迹?”“不可能。”嘉宾斩钉截铁。

“你说意大利队会赢吗？”我问。“不可能吧。”许珺嘟囔道。

我也觉得不可能。不可能了，那支球队已经老了……可是，就像忘记了一件重要的事情一样，一整个晚上我连觉也没睡好。第二天一早打开手机，才发现意大利以2：0战胜了德国队，挺进了决赛。

“哎呀！”我心中顿时涌起喜悦，还有种莫名的懊恼，“意大利队赢了哦！”我对洗手间里的许珺喊。

过了好一阵，他从洗手间里出来，给了我一个闷声不响的拥抱。

吃完早餐到公司，一进工区就听见产品组的赵磊抱怨，说昨天赌球赌输了。

“输了多少？”

“一万多。”

“这么多？”

“我心想放手一搏嘛，这场输赢那么明显。”同事说，“谁能想到呢？意大利是不是专克德国？”

是这样吗？

也许是。

意大利队夺得重大国际赛事的冠军，已经是6年前的事了。2006年世界杯，刚刚闹出了“电话门”事件的意大利在半决赛中遭遇德国，双方在常规赛时间里均无建树，加时赛意大利派上4个前锋，最终由格罗索和皮耶罗各入一球，2：0获胜。

那是意大利黄金一代的绝唱。之后的 2010 年世界杯，意大利队小组出局，黯然告别。

而德国是本届欧洲杯夺冠的最大热门。

“嗨，这种事谁能想到呢?”同事还在那感叹，“这就是命运啊，命运！命运就是一场赌博……”

“那这两个球队你喜欢谁啊?”我打断他。

他愣了一下：“我喜欢意大利。”

“那你为什么不投意大利呢？选择自己爱的球队，就算输了也甘心啊。”

“这……这你就不懂了。赌球这事不能看喜欢不喜欢……唉，总之，赌的就是一个概率，押大概率总比小概率要好，这是一个原则……”

我以为他从此就不会理我了，没想到中午吃饭的时候，他又坐到我旁边。

“对了，小玉姐，许哥玩球吗?”

我反应过来，他说的“玩球”应该是“赌球”的意思。

于是我回答：“不玩。”

“唉——”他长长地感叹了一声，“我要是像许哥那么正派啊……就不会亏这么大啦。”

“那你向他学习啊。”我说。

“唉，人学好可难了，学坏可容易。小玉姐你得管好老公啊，千万别让他学坏了。”

同事还在那喋喋不休，丝毫没有考虑到我的情绪。其实我有点不舒服。这个公司里的人，一多半都认识许珺，都把他叫作“你老公”，尽管我们还没领证，并且是三个月前才刚刚住到一起。

他们之所以这样讲，是因为许珺原来就是这个公司里人缘最好的家伙，连我的工作也是他给介绍的。在我过来后不久，许珺自己就被更大的公司用更高的薪水挖走了。

也许是我太敏感了？我总觉得他们在我面前提起许珺时，有那么一丝的意味深长。

下班的时候我给许珺打电话。他没有接。

这种情形也是经常的，他是产品经理，经常跟各个部门开会，手机总是开到静音。与其说我不介意，倒不如说，我从跟他交往的一开始，就叮嘱自己一定要通情达理。认识他的时候我二十七岁，刚刚从一次重大的人生打击中恢复，光应付生活就已经筋疲力竭，根本没想到自己这辈子还可以恋爱结婚。跟他初次见面的时候，我抱着一种放任自流的心态，出门前连头发都没洗。但是，他却全不介意。见了一次面之后，只用了三天时间，他就向我表白。我接受了。

我接受了许珺，然而，这并不是出于发自内心的爱意，而是我知道，他已经是我能遇上的最好选择——不，我其实没有选择，与其说选择，不如说机会更为恰当。二十七八岁、就快三十岁的图书编辑，每个月只赚五千多块钱，没有房子也没有户口，也谈不上多么漂亮，在恋爱结婚的市场上，我绝对是那种要被人挑挑拣拣的货品。在确认了许珺对我的心意之后，我小心翼翼地维护着和他的感情。他是个对工作非常投入的人，我就去订阅了互联网相关的电子刊，争取能跟他谈起他感兴趣的话题；他讲究点生活的小情调，我就下了几个生活类的 APP，做一些简单的点心和鸡尾酒；网络上出了嘲笑程序员着装的文章，我马上转给他看，带他去优衣库以外的服装店买衣服，过生日的时候送给他自己承受范围内的名牌……我一次也没跟他吵过架，一次也没提过分手。好几次，在跟许珺一起参加了他们公司的活动之后，目睹了一些女同事对他的热情，我都忍不住想问他：为什么喜欢我？为什么是我？但是，我没有问。这样的问题绝对不能问，只能留在心底。

也许跟我的用心经营有关？也许有别的原因，也许只是好运气，我和许珺就要结婚了。在这一年多里，不知不觉发生了很多的事情。最重要的是，我换了一份工作。起因是我开始玩社交媒体，在新成立的“知乎”网站上回答了一个“做程序员的女朋友是种什么体验”的问题，获得了上万个赞，忽然间成了一个小型网络红人。借着这个契机，许珺把我介绍到了他们公司做运营。这份工作的薪水比之前一下涨了一倍还多。尽管一开始压力很大，但是职业转换——准确地说是工资变多——带来的自信，慢慢地改变了我。“你跟以前完全不一样了。”前些天，在跟一个过去做出版的同事见面时，他这样对我说。

“但是，你以前很喜欢做编辑的啊，记得入职的时候，你不是说，是为了理想吗？”

“是吗？我还说过那样的话啊？我不记得了哎。”

当时就不该见他。至于他为什么要见我，原因我很清楚：他也想转行。出版业快死掉了，编辑活不下去了，只要一朝打上图书编辑的烙印，这辈子都赚不到钱。他坐在我面前，肆无忌惮地这么说，毫不掩饰自己对这个行当的厌恶。我忽然想起，这个同事以前就是我特别讨厌的，可是，我却忘了是为什么。尽管如此，在我离职以后，时常在网上跟我联系的却只有他一个人，这也是我会见他的原因。

我没想到的是，自从那次见面以后，他就每天缠着我，非要我给他介绍工作。

“你是怎么跳到互联网行业去的，讲讲经验啦，我最近也要投简历。

“你们公司那边还要人吗？

“做运营我也可以啊，还不是跟宣传图书差不多吗？我可是个多面手，上一本我营销的书那么烂，也卖了二十万，还不是我的功劳。但老板连之前答应的奖金都没给我，光会去巴结那个傻逼作者，你说这破公司还能待吗？”

我被他的狂轰滥炸搞晕了，心想是不是真的给他介绍一份工作，好堵住他的嘴。

“要不拜托一下许珺问问……”我不由得这么想。

不知道从什么时候开始，遇到什么自己处理不了的事情时就会想让许珺拿主意。

如果许珺说给他找工作试试也行，我就会去试试；但如果许珺说不要理这种人，我就不理他了。打开家门的那一刻，我这样想。

但是，从那天晚上开始，一切都改变了。

“小玉，我跟你说件事。”许珺两眼直勾勾地看着我，那样子像是已经等了我很久。

“什么事?”

“我有件事要告诉你……我把房子抵押了，钱给了阿明。”

阿明是许珺从小的好朋友。他的好朋友在北京打拼买了房的一共有三个，其中一个在银行工作，经常来找许珺玩，我们搬到一起的时候他还送了一张很贵的餐桌。他俩经常提到阿明，还说许珺结婚的时候，阿明一定会回国。

但我从来没见过阿明。

因此乍一听到“阿明”两个字，我有种不真实的感觉。许珺接着说：“他之前不是一直做灯具生意吗，也赚了不少钱。这次他跟我说，需要资金周转。我想来想去，还跟李立商量，我们两个最后就把房子抵押给银行了，把钱都给了他。”

“然后呢?”

“今天早晨他跟我说，他赌球了。”许珺说，“之前全都是骗我们的……全都输光了。”

然后呢?

“房子没有了……”许珺说，“我已经挂在中介了，明天就会有人来看房。”

说完这句话，他沉默了一会儿，再次开口，我意识到，那是他这一晚唯一真的想对我说的一句话。

他说：“小玉啊，我们分手吧。”

2

“小玉姐，你怎么在这里？”

一瞬间，我不知道怎么回答。

找房子的时候我特意避开了公司同事比较集中的那个小区，没想到会在这里遇见同组的女孩卡卡。

卡卡年纪比我小，但比我早一年进公司。她大概是 1988 年或 1989 年出生的，对外却一概声称自己是 90 后。大学学的是电子商务，理想是当产品经理，大学后抛弃家乡税务局的工作来了北京，找了一圈工作终于进了互联网公司……这是在我的欢迎会上，她做的自我介绍。她性格活泼，但我跟她却总说不到一起去。大概是因为真有代沟？许珺经常在一些业内媒体发表文章，她也就大大咧咧地说自己是许珺的崇拜者，即使当着我的面也经常这么说，我如果介意，倒显得是我小气了。

所以，在这种时候遇上卡卡，我的第一个念头就是：幸好许珺没来。

看着卡卡热情的笑脸，我也只好笑了：“我有个朋友……”

这时候中介出现了，甜甜地叫了一声“姐”。“我有朋友住在这”这句话生生地吞回去了。

“哦，你帮朋友找房子啊。”卡卡说，“珺哥一起过来了吗？”

“没过来，他今天加班。”我说。

“可惜啊。”卡卡说道，她夸张的表情就好像真心实意地觉得可惜似的，“珺哥工作不要太投入哦。我还想说他要是过来了咱们一起吃晚饭看球！欧洲杯决赛，意大利对西班牙。”

“这个小区不错呀。”我说，“你租的房子多少钱，给我参考参考?”

“这个小区两居室的租金大概是一个月六千左右。”中介答道，“属于咱们附近比较高档的小区，特别受白领欢迎。”

“真的吗？这么贵?”卡卡倒好像真的吃了一惊，“我因为上大学的时候就决定了要来北京嘛，正好家里还有点闲钱，所以爸妈那时候就给我买了套房子。要不我干脆把房子租出去好了呀。小玉姐要不你让你朋友租我的房子得了。我去住我舅舅家，反正他那些房子空着也没用。”

这小区不能住了。

许珺应该会松一口气吧，因为他一开始就不赞成找这么贵的小区。

前天，当许珺说出分手以后，我一下就哭了。

“我不同意分手!”我说。

接下来就是漫长的拉锯战，陈述、说服，两个人都精疲力竭。许珺不停地说着跟我分手的理由，我则不断地反驳，最终的结果是两个人彻夜未眠、抱头痛哭。到了第二天早晨，各自去上班，我喝了三杯咖啡，开始在租房网站上找合适的房子——我们决定要共渡难关。

但是，在如何共渡难关的第一个问题上，我们就产生了分歧。

许珺的房子是多年前在家里帮助下全款买的，已经升值了很多。虽然怕他难受还没有细问，但我猜想，银行不可能全额抵押，那么把房子卖掉之后还债应该还略有结余，加上我们自己的积蓄、家里资助结婚的钱，短期内生活水准不会受到太大的影响。所以我想租一个好一点的小区。

并不是出于虚荣，而是我知道，住在什么地方真的会对一个人的精神状态有影响……可是许珺反对。

“我们的生活已经不是之前的样子了……你要面对现实。不然的话，我很难受。”

我才意识到，那个房子在他心目中的意义，比我想象的要大。

我不想跟他对着干，就拼命地刷着各种租房网站，希望能找到价格适中、位置不错、小区也比较干净的房子。

一开始我的想法是尽量找上班方便的小区，但是又不想遇到同事。好不容易找到一个差不多合适的，又出来一个卡卡。

我扯着中介忙不迭离开的时候，她从背后追了过来：“小玉姐。”

我转过身，尽力掩饰着自己的不耐烦。

但是，当我问她“什么事”的时候，她却又犹豫了。那一点犹豫，尽管是转瞬即逝，但我能看得出来。

“没什么事。”她说，“就工作上一点事，我周一上班再跟你说吧。”

“小玉姐再见！”她清脆地跟我道别，我没回头，但能感觉到，她在我身后站了很久。

3

所以房子租在哪里呢？我对北京也不熟。

尽管在这里已经待了七八年，但我熟悉的也就寥寥可数的几个地方：学校周边、工作周边。

唯独还有一个地方……当我意识到自己在搜寻那个区域的房子时，结果已经出来两三页了。

大学毕业的头两年，我曾经住过一个神奇的小区。房子是当时的一个朋友租的。他就像一个大功率雷达一样，什么稀奇古怪的地方都逃不过他的眼睛。

虽然他刚从合肥过来，对北京的一切却早就比我熟悉，就好像他早已在这里秘密生活了几年似的。

“你用 Google 地图啊。”他熟练地使用着当时还并不普及的软件。在我的眼里那就像《碟中谍》电影里的场景一样，是离我很远的东西。

虽然我们从小就已经认识了，但我感觉，我从来没有真正理解过他。他太聪明了，聪明得超出了我的认知范围。大学也没有跟我们上一样的，而是上了中科大的少年班。从小学到初中，我一直比他高，他是在出去上大学以后，才像忽然发育似的，身高迅猛地超过了我。高二、高三那两年，因为我也在学校寄宿，所以直到过年的时候才看见他，那时候他已经比我高出快一头了。

我至今还记得站在很高的他旁边，那种突然变得陌生、还有一丝惧怕的感觉。

我没有理解过他，从来没有。他大学毕业以后，从分配的科研单位辞职，出来搞什么互联网。我还没回过神来，他已经是一家新公司的合伙人和CTO了。

他什么都没跟我说就买了一个房，然后跟我求婚。我拒绝了他，因为不喜欢这种感觉。之后他辞职跟这件事有没有关系我也不知道。房卖掉了，公司的股份也卖掉了，他周游列国以后去海南开了一个冲浪俱乐部，很快就把钱花光了。

然后他回到北京，再一次向我求婚，这次我接受了。我对他说，我不喜欢大起大落的生活，希望他找个公司去上班，我们一起攒钱付个首付，生个孩子，安定下来。我知道这未必是他想要的，但却是我唯一能理解的一种生活。听着我这么说的时候，他什么也没说，面色很忧愁，还有一丝阴沉。

“嗐，既然你想这样，那就这样吧。”最后他说。

他真的去找了一份工作，去了一家我叫不出名字的科技公司，做普通的程序员。工作很忙，也很投入，经常加班到很晚才回家。他说想把当时为了结婚买的那套房子租回来，但是我们跑过去看，发现已经被人用作了婚房，而且大肆装修，看来没有什么出租的希望。于是我们就在附近租了一套公寓。“我们应该住在那间房子里的，那个小区特别好。”那确实是一个神奇的地方，虽然在市中心，却在绿树的环抱中，非常安静。周围什么都有，菜市场、百货商店、篮球场，甚至还有自给自足的一小片果园。那好像是一个曾经利润丰厚的企业破产解散后，留给职工们的最后一笔财富。“就像我们小时候住的地方。”“我们小时候的地方可没这么好。”我反驳他。不过，我也喜欢跟他一起去那个小区散步。他一直有很多心事，我从小就习惯了。当他沉默不语时，我就听着周围的声音，摊贩的叫卖声，孩子的嬉闹声，如果凝神听，还能听见某栋居民楼里夫妻吵架的声音，菜下锅的声音。是的，每当这时，我就感觉到幸福，同时又感觉到这像是一个梦，一个昨日重现的不可能的梦……我们买了新的家具，还有很多很多绿植，把原本空荡荡的屋子布置得像一座森林。我在一家古籍出版社上班，上班时间以外，还会主动把稿子带回家里看，觉得自己的工作是有意义的，虽然工资微薄但是生活充满了希望。我们很少在家里做饭，喜欢叫外卖回家吃，他工资挺高，买起奢侈的寿司和鳗鱼饭来也从不问价钱，他刷卡的时候，我会有种莫名的骄傲。不过多数时候，我们就吃普通的中餐、麦当劳、肯德基什么的，其实我们都不是很讲究口味，吃什么都能很开心。

最开心的时候是周六、周日的晚上。我们吃完饭，早早地洗完澡，准备好几罐啤酒，裹着毯子蜷在沙发上看球赛，多数时候看意甲联赛。那条毯子是我从老家带回来的，是我们最珍爱的东西。到最后他离开的时候，把毯子也带走了。

他的离开没有任何征兆。但是，在心底的某个地方，我好像一直都知道他迟早要走，当这一天终于到来的时候，反而感到切实，好像终于从云端一脚踩回到了地上。那段时间，我经常在午饭的时候一个人躲到洗手间去哭一场，我希望这样的眼泪终有一天能缓解心中那像被烧灼过一样的疼痛，我一定能走出来，也一定能忘记他，独自生活下去。但我没想到，当时还远远不是最糟糕的状况。

在那之前，他姐姐给我打过两个电话，我都拒接了。因为我第一次拒绝他求婚时，他姐姐不知怎么知道了消息（可能是他说的），劈头盖脸把我臭骂了一顿。但她就是锲而不舍地打，最后我只好接了起来。

结果她第一句话就问："我问你，你跟丁哲领证没有？"

"没……还没有啊。"

"那就好。"电话那边，她好像长长地舒了一口气。

然后，她哭了。

放声大哭。

她说，丁哲欠了别人高利贷，那些人已经开始上她家要债了。然后她反复盘问我，知不知道丁哲到底是做什么欠了这么多钱，最后，发现我确实一无所知。

"你不知道也是好事。"她说，"你赶紧回家吧，把你的证件、银行卡、毕业证、工作证、合同，凡是能证明你身份的所有东西，全都收起来，其他的什么也别拿了，赶紧走，走得越远越好。"

然而，已经晚了。

已经有人闯进了我们租住的屋子，搬走了所有值钱的东西。他们没有拿到我的证件，但查到了我工作的出版社，去闹了几回事，我只能辞职。钱，我拿出当时所有的积蓄也不到三万，那些人逼我写更多的借条，我宁死也没有同意。

最后，还是他姐姐帮了我。当时她本来有一个要结婚的男朋友，感情很好，遇到这事也没说要跟她分手，她却忽然嫁给了一个丧偶的警察。那个警察似乎有点什么小小的背景，总之，那些人终于不再来了。

姐姐没有举行婚礼。她说："我这一辈子都毁了。"她只比我们大三岁，我想说些话来安慰她。"我觉得你丈夫……人很好啊。"我说，可马上意识到，她说的不是这件事。

她有些恨恨地看着我。

"全都毁了。你说，他多聪明啊……他是个天才啊，真正的天才。你也知道我们家，只有这么一个希望，你要是多关心他，根本不会出这样的事。"

"可这不是我的错啊。"我鼓起勇气说。

"别说了。"她摆了一下手，"我总得找个人去怪吧？我只能怪你了。你找个地方，好好活着，找个平平常常的人嫁了吧，你本来就配不上他。我再也不想看见你了。"

事情大致就是这样。我搬离了那个区域，远远地搬到了城市的另一头。几个月后我打起精神，在一家民营出版公司找了份工作，做了几本书后老板说我缺乏市场思路，分配我专门去做菜谱。所有这些我都挺过来了，然后我又认识了许珺，慢慢地，就像被闪电劈过的树也能长出新芽一般，我又活过来了，我开始了新的生活。

但是，现在。

前些天，我很久不登陆的校内网，忽然给我发来了莫名其妙的短信提醒。这就很奇怪了，因为我已经换过一次手机号。

我打开的租房网页的顶部，赫然挂着那套房——那套婚房的出租信息。

价格低得惊人，却挂了一个月还无人问津。

4

“小玉姐，你最近是不是有什么心事？”

吃午饭的时候，卡卡端着盘子坐到了我的身边。

“要结婚了，是不是事情特别多？”她端详着我的脸色，“你该不会有恐婚症吧？”

“可能有一点吧。”我说。

最近事情确实特别多，但不是因为结婚的事——而是因为不结婚。婚期推迟了。之前许珺的父母给我们定好的酒席、婚庆公司，我一一打电话去取消，说得口干舌燥，拿回的钱却少得可怜。对许珺的父母，我们没法隐瞒，只能实话实说。但对我妈妈，我想了很久，都不知道怎么跟她开口。虽然我知道，她绝对不会责怪我。

我知道我的性格多少像妈妈，但是我远没有她那么能干、坚强。当初她是我们煤矿的财务人员，那次震惊全国的瓦斯爆炸发生后，矿里清算、破产，最后卖给了私人老板，是她顶住压力，为厂里的员工争取了更多的补偿，而那是在我爸爸死在爆炸中之后。爸爸是中层干部，是去救人死的——而丁哲的爸爸是矿里的党委书记，在那次爆炸之后，就被判了无期。

有人说，那次爆炸，原本就是想收购煤矿的私人老板一手策划的，还有人说，丁哲的爸爸跟那个老板勾结，却没有想到设备老化如此严重，预警完全失灵，爆炸超乎想象，造成了惨重的伤亡。我从没相信过这些说法。任何人都不可能在一个煤矿策划什么瓦斯爆炸，瓦斯爆炸也几乎无法预警。在矿里长大的我听了太多恐怖的传说，在我心里，策划这种事，简直比扔下原子弹还要疯狂。

对我们每个煤矿的孩子来说，那个爆炸的伤口永远存在；但我的伤口一直慢慢在愈合，那全都是因为妈妈。即使在清算最忙碌的时候，她也会一周坐两个小时的车，到学校来看我，给我送她亲手做的饭菜。她越来越瘦，但整个人却显得越来越挺拔，越来越漂亮，以前，我老觉得丁哲的妈妈是个大美女，后来我知道，我妈妈才是最美的。

“小玉，你什么都不要想，好好读书，远远地离开这个地方。相信妈妈，一切都会好起来。”

我是一个毫不聪明的孩子，但听了妈妈的话一直努力，选了文科，就算什么也不会，至少会把课本背得滚瓜烂熟。我考上了北京一所大学的中文系，毕业后进了声望很好的出版社，那时的我是一个讨人喜欢的女孩子，身边也不乏追求者。到底是从哪一步开始走错，我的生活居然变成现在这样？

“小玉姐，你想什么呢？”卡卡伸手在我眼前晃了一下。

“没想什么啊。对了，你好像有事要跟我说？昨天。”

“我也不知道该说不该说。”卡卡犹豫了一下，但是，她的眼睛里却同时闪过一丝小小的狡黠，“我还是说了吧。”

“你说。”

“那什么……我好像恋爱了。”

我还没接上话头，她又紧跟着说了下去：“放心啦，小玉姐，不是许珺哥。”

“那是谁？”

“是一个陌生人哦。”

接下来，不出所料，她就滔滔不绝地说下去了。

“其实也不算完全陌生，是咱们的同行嘛，是前辈。”她说，“我不是想转去做产品吗，所以这段时间就有出去听课啊、参加聚会什么的。聚会上碰见了一个人，特别帅，特别神秘。没人知道他干嘛的。”

“听你这口气，好像你知道点什么？”

“我啊，我就到处打听呗。”卡卡有一丝得意，“后来真的被我查出来了。”

“是什么？”

“他是中国最大的比特币玩家，专门做矿机的。好像还是比特币的创始人之一，但这个我就打听不出来了。”

“哇，厉害。不过比特币好像有一阵跌得挺厉害的？”

“那个不打紧，反正他身家已经不知道有多少了。而且比特币是新事物，我相信它能最终取代货币的，就是时间问题。”

“那挺好。不过这样的人可能不好追吧。肯定很骄傲的，要么就是个书呆子。”

“可不是！特别骄傲。我鼓起勇气，好不容易，终于约到他跟我一起下午茶。”

“然后呢？有发展吗？”

“我也不知道算是有还是没有发展……”说到这里，卡卡的声音忽然躲闪起来，“我就想约他下次啊，结果他一直讲没空。前两天他跟我说……”

“说什么？”

“他说，我们公司有一个他的老同学，下次请我吃饭的时候，让我顺便叫上——叫上你。”

我呆住了。

“他说，你是他小学同学、中学同学，还是一个煤矿里的。”

卡卡的口气变得有些微妙，我知道，她在暗暗观察我的反应。

“小玉姐，你有这么厉害的同学，为什么都不告诉我们呀？”她说，“要不，下次叫上许珺哥，我们四个人一起吃饭呗？”

5

如果是一个月以前，没准我真会拉着许珺，一起去和丁哲吃饭。

“我的生活已经完全跟你无关了，你愿意挥金如土也好，吊小姑娘的胃口也好，也全都跟我无关。今天以后，我再也不想见你了。”

要是对他说出这样的话，肯定很解气。但现在完全不可能了。

我不可能在许珺最艰难的时候让他去受这种刺激。他的房子因为挂牌价比周边的同类房源要低将近十万，挂了一天就卖出去了，对方爽快地交了20%的定金，而且同意全款购买。这笔钱还给银行以后到底还剩多少，我没问，但我们总算是租定了一处位置、装修都还不错的房子，收拾完就可以搬过去。房租还是许珺出的，自从我们认识以后就一直如此。虽然我也犹豫，觉得这种情况下我来出是不是比较好，但又害怕伤他自尊，最后还是没提。

搬家的那天，我找了负责整理的搬家公司，提前付了款。我们原本是计划在这里安家落户的，一搬家才发现东西多得惊人，很多东西都没法带到租的房子里去，其中就有朋友送的那张餐桌。收拾东西的时候，许珺烦躁地说这也不要那也不要，为了不跟他吵架，我什么都不让他插手。搬家公司的人走了以后，我站在凳子上擦橱柜，把一套平时用不到的细瓷碗碟放到顶上一层。帮我递东西的许珺却忽然冒出一句："我答应我们四个一起吃饭了。"

我差点从凳子上摔下来。

"什么？"

"卡卡跟我说了，我、你、你同学，还有她，我们四个一起吃个饭。"

"我不去！"

"为什么？"

这问题我没法回答，因为我不知道卡卡猜到了多少，又或者和许珺说了多少。当然，丁哲还不至于跟她说什么，但是，我不相信卡卡这女孩有多诚实。捕风捉影，添油加醋，把自己脑子里的胡思乱想当成事实说给别人听，我觉得，这些事情她都做得出来。

“为什么不去吃?”许珺追问，“他是公认的技术大牛了，国内最开始做社交网络的就有他。你见见他也有好处啊。对了，怎么从没听你提过他?”

“因为我根本、从来就不知道他是干什么的。”我说，“我们早就没联系了。”

我没有说谎。

“你啊，自己现在也是做互联网的了。”许珺说，“虽然你对技术不太感兴趣，但听他讲讲，对你工作肯定也是有帮助的。”

“我说不去就是不去!”我喊道。愤怒冒上了头顶，过了好一阵我才意识到，这是自从我们俩认识以来，我第一次对许珺发火。但这已经无可挽回了。许珺站在原地好一阵，我对他说：“你把那个碟子递给我。”他拿起碟子，似乎犹豫了一下，我心里一紧，以为他要摔东西，但最后他还是把那只碟子放在了原处。

然后他什么也没说，转身走了出去，出去的时候还没忘记关上门。

直到很晚他才回来，我躺在床上，背对着他，他走过来，轻轻拨了一下我的肩膀。

“在外面走了一圈。”他说，“本来想去哪家酒吧待一夜的，可是走进的第一间酒吧里，就在放欧洲杯的赛事集锦，我看得特别难受……”

他哭了。

我坐起来，抱住了他。

“怎么办，小玉，我这一辈子都不能再看足球了。”他把头埋在我的肩窝里，哭出了声，整个人都在发抖。我像对待孩子一样用力地拍着他的背，一边拍一边对他说：“我也不看了，陪你一起不看了。”他哭得更厉害，说：“你怎么能不看，你不是最喜欢意大利队吗？”

“也没那么喜欢。真的，比不上喜欢你这么喜欢。”我紧紧地搂着他的身躯，心痛又茫然。当时，我只是想好好地安慰他，因为我知道他是对我最好的人。但在内心深处，好像有一个声音轻轻在问：“你真的喜欢他吗？真的最最喜欢他吗？真的，你再问你自己一次，是这样吗？”

6

“对的，小玉姐，就在最里面的包间。你跟老板说是丁先生订的，他就会带你去。我堵车，还要一会儿才能到。”

我深吸了一口气，穿过暗色的走廊过去，拉开了包间的门。

我瞒着许珺跟丁哲来吃这顿饭，是因为我知道，迟早得吃，迟早得来。丁哲这个人，如果他还没有变得彻底的话，是不达目的不会罢休的。

但是，我害怕。在门打开的一刹那，我害怕得想要转身逃走。在来的出租车上，我想了很久很久。我会跟他说什么呢，第一句话？指责他？咒骂他？似乎都没有必要。他第一句又会跟我说什么呢？说对不起吗？我又该怎么回答呢，没关系？

灯光似乎猛地暗了一下。后来我才意识到，是因为突然心跳加速造成的晕眩。我回过神来的时候，他已经在我面前了。在上一次呼吸和下一次呼吸的间隙，他抓住我的一只手，在我面前跪了下来。我拼命挣脱，这时候他说话了。

我万万没想到，他会说这么一句话。

他说："我回来了，小玉。嫁给我吧。"

卡卡进来的时候，我不知道她看到了多少。不过这不重要，我像感激救命恩人一样感激她的到来。我甚至感激她那么虚伪，那么活泼，她一坐下，就跟一无所知似的，开始询问起我们年少时候的故事来。

是，我们是在一个煤矿长大的。不是那种黑矿工的小煤窑啦，不是一回事。是国营的大煤矿。我们煤矿什么都有，还有自己的子弟小学，教学质量也很好的。

是的，出过一次瓦斯爆炸的事故。真的，你不信可以去查报纸。网上？网上可能没有吧，太久远了，那时候还没网呢……你可以试试，我没有查过。

是啊，他一直都很聪明啊，数理化从来都是满分吧。他不是学霸，是学神级别的。我也不是学霸，我只会死记硬背。

他的初恋？我不知道啊，我刚上高二，他就去上大学了。就是传说中的少年班。

我和卡卡进行着这样对话的时候，他一直坐在旁边，没有插嘴。卡卡说到初恋的时候，我心里一紧。

"到底什么样算初恋？"他果然开口了。

卡卡立刻接话：“我觉得啊，牵手就该算了吧。初恋嘛，都是纯纯的。”

“牵手倒是没有。不过，你觉得，两个人总是一起吃饭，还分吃从家里带来的菜，这种算吗？”

他在对卡卡说话，眼睛却看着我。我说：“这种不算。”

“那么所有的人都骂他的爸爸是个杀人犯，还要打他，只有这个女孩护着他，相信他，这样算吗？”

“没有那么夸张吧。”我说。

当时的情况是，跟我们同在那所重点中学上学的几个煤矿子弟，在他爸爸被判了无期之后，要打他泄愤。我得到消息赶过去，他已经被摁在地上了。

打人中的有一个，他爸爸是我爸爸最好的朋友……他们一起死在了那场矿难里。我扑上去护住丁哲，责问他们为什么要打人的时候，他抽了我一巴掌，冲我喊：“你忘了你爸爸是谁害死的吗？”

“反正不是他，不是他！”我也喊回去。脸上很痛，讲话的时候耳朵嗡嗡作响。终于那男孩带着几个人走了，那以后我们没再说过话。后来，因为妈妈生病，他没上大学，我们也再没有任何联系。回想起来，我知道，我从没记恨过他给我的那一巴掌。那只是命运，无常的命运……我们原本是朋友的。

“这种啊，这种我觉得应该算。”我发呆的时候，卡卡忽然说。她看了下我，又看了下丁哲，好像终于下定决心戳破这层纸。“那个被打的是你吗？那个女孩，就是小玉姐吗？好浪漫啊……”

“是倒是啦，但我还是觉得这不算初恋吧，我就是路见不平而已，也没什么浪漫的。”

“那么，”他立刻补上一句，“那我临走的时候，你用一个月的生活费，偷偷给我买了一件因扎吉的正版球衣，这算吗？”

“你干嘛说这些，这些事情，我早就忘了。”

“所以你们今天是来吵架的吗？”卡卡尽量笑着说，但神态已经有些不对了。

“不是的。”我说，“我只是来告诉他，我就要结婚了。”

说完这句话，我拎起包就走。身后有人追出来，不是他，而是卡卡。

“小玉姐，小玉姐！”料理店门口，卡卡跑出来拖住了我的胳膊，“你别这样！”

“我没怎么样啊，卡卡。你希望我来吃这顿饭，我来了啊。”我盯着她的眼睛，“你也看到，我跟他没有什么关系了。”

“不是这样的，你不要误会，小玉姐。”卡卡说，“我其实猜到你们过去的关系了，但我没想到今天会是这样。我从来没想过你现在还跟他有什么的。我只是希望……”

“希望什么？”

“我只是希望无论是你，还是他，都要把这个心结解开，以后才能好好的，你说是吗？”

把心结解开。以后，好好的。

这就是年轻女孩无可厚非的残忍吧。希望自己得到的，是一个纯洁无暇、了无牵挂的恋人，有过的任何过去，都应该抛在身后，从此奉献给她一个人全心全意的爱。

说得容易……

我站在马路边打车的时候，丁哲出来了。他个子高，掀开料理店的门帘时，还要微微地弯一弯腰。

“我要祝你新婚快乐吗？”他盯着我。

“谢谢你的祝福。但是不用勉强了。”

“你误会了，我没有祝福。”他说，“你不是不结婚了吗？婚礼都取消了。”

“你……”

“你最好再去问问你的未婚夫吧，除了房子之外他还抵押了什么。”丁哲说，他的口气阴郁得可怕。

“他总没欠高利贷吧。”我说。但这句话一说出来，我就后悔了。

7

“小玉姐，对不起，我不知道该怎么面对你。”

卡卡坐在我对面，却跟我用微信聊着天。

“不过，你不要担心，你跟许珺哥的事情，我不会说出去的。”

这句话我想了半天也不知道怎么回，最后只好回了一句：谢谢你。

她立刻发来了一个笑脸，又补了一句：“我们三个吃饭的事我也不会说的，你放心好啦。”

这我也没什么不放心的……对自己不利的事情，我相信卡卡绝对不会往外讲。

当然这算不上什么丑闻，但我心里清楚，对漂亮又聪明的卡卡来讲，在恋爱中输给我这个平平无奇的大龄女子，她会服气才怪。下午茶歇的时候，公司里忽然一阵骚动，有人送来了一车玫瑰花。用小推车推着上楼的，上面有一张卡片。

丁先生 to 赵小姐：原谅我。

同事们对着那车花啧啧赞叹，我险些惊出一身冷汗。这下怎么办……大家都跟许珺很熟，总有人会向他说起。但是这时候，卡卡走了过去："别看啦别看啦，这辈子没见过玫瑰花吗？唉，他也真是，不就是迟到了一会儿，干吗送这么多花来吓人……"

起哄的声音马上响起了。

我才想起来，卡卡也姓赵。

下班的时候，她追上我："小玉姐！"

我转过身。

"那些花……对不起啊，我后来才想到你也姓赵。但花真的是给我的，你那天走了以后，我跟他聊了很久，我们决定在一起了。"

"好。"我说，"祝贺你。"

我还没下楼，她的微信又追了上来："小玉姐，你和许珺哥，你们没事吧？"

我把跟她的聊天记录都删掉了。

回家的时候，地铁坐过站，坐到了原来的家附近。心想干脆就在旁边的菜市场逛逛，买些便宜的蔬菜回去。这时候，感觉有人跟着我。

那个人也没想掩饰。是丁哲。

我干脆停下来问他："你去哪儿？"

他问我："花收到了吗？"

"你不是给卡卡的吗？"

"啊，是啊，我忘了。"他说，"我是想问你，看到了吗？你们同事是不是都很羡慕她？"

"这问题何必要问我？"我说，"别跟着我，我很忙的。"

"我也很忙的。"他说，"我真的不是跟你，我是到这边来办事的。"

"那你忙。"

"我是来办网签的，就在前面那家中介。"他说，"就前几天，在这边买了套房。"

"你有购房资格？"

"我给我姐买的。"他说，"你还不知道吧，她离婚了。"

我不知道回答什么，这时候，许珺突然打电话给我。电话里他的声音还是有些消沉，说忘了告诉我，今天约了买房人办网签，可能要回去得晚一些。

放下电话，我盯着丁哲看。他笑了："你怎么想都行。"

"你为什么要这样做？"

"我这样做不好吗？解了你们的燃眉之急。我姐也急着搬出来，双赢。"

"你让姐姐去跟许珺签行吗？"

“不行。”他说，“我姐在医院躺着呢，刚做了手术。”

“你还有什么事情要告诉我的？一次说了吧。”

“让我想想……”他仰着头，好像真的在想的样子，“对了，我姐想见你。”

“我不会见她的。”我说。

“我也不想让你见她。”丁哲说，“那没事了，拜拜。”他往前走，走了几步，又回头来对我挥挥手。

晚上，许珺回来得比预想的还要晚一些。我给他熬了绿豆汤，凉了又热，到最后他在桌前坐下的时候，却说：“我不想吃了。”

我等着他说出他想说的话来。

“你知道这件事吗？”许珺问，“你同学买了我的房子？”

“我不知道。”我说，“我说了，我跟他失去联系很久了啊……”

“可是他说，前两天还见过你，跟你吃了饭。”

我没想到丁哲会这么做。我从来没有叮嘱他“不要跟许珺说我们见面的事”，因为我相信他足够骄傲，不会这样做。我那时不知道，他已经变了。世界上没有人是不会改变的，那种不变的确信，只是我个人的愚蠢。其实，我也变了。

我变得可以很镇定地说谎。

“他跟你说了啊。”我说，“他怎么好这样呢，我跟他说了不要告诉你的。”

“为什么？”

“就是怕你误会嘛。”

“我怎么会……”

“这种事情很难说清楚啊。他说，他姐姐前几天进医院要他来帮着办网签，他才知道姐姐买的是你的房子。他也觉得挺不好意思的，就让卡卡请我们吃个饭。但是我又不肯去，就让卡卡约了我吃饭，他中间过来了一下。现在你知道了吧，我不想跟他吃饭，就是因为这个。”

“等等，他怎么知道咱俩……”

“卡卡告诉他的啊。”我面不改色地说，“他跟卡卡在谈恋爱，你不知道吗?”

“真的?”

“真的，前几天送了一推车的花到公司去，你看，还有人拍了照片呢。”

我一边说一边拿起手机要给许珺看，我想当天应该有同事拍了照片，但不确定。不过，我知道许珺不会看。他这人有一个基本的原则，就是不会翻别人的手机。

他果然没看。

可是我不确定他是不是真的相信了我。我也不知道为什么要对他撒谎。也许坦白就好了，许珺一定会谅解，因为他心地善良，总把人往好的方面想。就这样辗转反侧地睡着，半夜醒来的时候，我发现许珺不见了。

客厅里，没有；洗手间也没有。

打他手机，手机就放在桌上。铃声响起来的时候，我吓了一跳，他的手机铃声不知何时换成了一首特别狂躁的歌，那首歌我知道，似乎是曼森家族杀害波兰斯基家人时的集结曲。

我一遍一遍地打，那狂躁的声音一次次在屋里响起。为了省电，客厅里没有开空调，我全身冰凉，扔了手机，一摸身上，冷汗把睡衣都浸透了。

也许他出去见个人，也许他是出去散心……但我内心深处，当我听到那个手机铃声响起时，就知道他走了。

我曾经以为，他绝不会对我不辞而别。

8

“我工作的事你帮我问了吗？问得怎么样了？”

自从托我帮他打听工作的事，前同事几乎每天都会来条微信询问。他这人一向不怕给人添麻烦，我不知道怎么拒绝他，只好一条都不回复。他也不在乎，大概也是摸透了我的脾气，每天差不多定点发来这么一条，还会接着给我分享一些业内资讯，比如“微信朋友圈为何火爆”之类的，显得已经准备好当一个 IT 人士。

不过这天，他在问过我工作以后，却忽然话锋一转，得意地加上了一句：“没找到也没关系，我最近到一家公司去面试了，我觉得差不多了。”

我还是没打算回他，他却主动地加了一句：“不是科技公司，是投资公司哦，待遇超级好。

“对了，他们老板叫丁哲，说他是你的同学，你还有这么厉害的同学，真是对你刮目相看啊。”

从我们公司到地铁站，如果坐班车，大概是五六分钟路程，如果用走，大概二十分钟。

在我刚来这家公司的时候，有一段时间，跟许珺隐瞒着彼此的关系，当了一段时间的地下恋人。上班的时候，我们在不同的部门，也尽量不见面，但下班的时候都会故意不坐大楼的班车，一前一后出发，在拐弯的地方会合，然后一起走完这二十分钟的路程。

他是一个很爱说话的人，讲起工作来尤其滔滔不绝。其实那时候他说的内容我也不是很了解，有些名词还听不懂，但只要我向他提问，他就会特别开心。不仅自己说，他还非要我跟他讲讲我的工作，有什么感受，遇到什么问题，我原本不爱对这些事情开口，但架不住他问个不停。说真的，一开始有点烦躁，纯粹是因为不想搞僵关系才勉强应付，但后来发现，这种谈话真的给了我不小的帮助，让我从一个封闭的状态中走了出来，也很快适应了工作。回想起来，我心里慢慢对许珺有了依赖和爱恋，也就是在那段时间吧。

事到如今，我原本应该避免走这条路，免得触景伤情；但我却莫名其妙地走上了。走到中途，有人在我身边吹了一声口哨，我转头一看，正是丁哲。

“啊，好巧。”他说，“请问去地铁站怎么走?”

“你来这干什么?”

“你还真是……我来办正事。你们公司快没钱了你知道吗？找我想融点钱。我也来看看技术那边有没有人可以挖。”

“怎么，你们公司在招人吗?”我压住气，尽量平静地问他。

“是啊，你要不要去？比你现在工资高。”

“你这样到底是什么意思?”

“没什么意思，我就是正常地买房，招人。”

“你怎么知道的？你怎么知道这些人跟我的关系?”我问，“我觉得你现在很恐怖!”

“这没什么恐怖的。”他忽然一改刚才嬉皮笑脸的模样，看上去有些阴郁。过了一秒，他加了一句：“如果你足够爱一个人，这些你都会知道。”

“那你告诉我许珺在哪里。”

“拿着你们的结婚证，户口本，去派出所让警察帮你找。”

“你明明知道我们还没结婚。”

“我明明……哈，哈哈。”他笑了起来，“当初我走的时候，你找过我吗?”

“我很清楚我找不到你。”

“你倒是很有自知之明。”

“所以你回来究竟是为什么？就是为了打扰我的生活？为了嘲弄我?”

他愣了一下。紧跟着，他又笑。“好嘛，你总算把心里话说出来了。”

“什么?”

“你到底有多恨我，你可以直说。我让你受了苦，你不用装作若无其事的样子。你从小就这样……”

“我从小怎么样?”

“你自己不知道？脾气好，宽宏大量，公正无私，谁欺负了你你也不记仇，所以老师总是选你当班长。”说到这里，他又哧哧地笑，“但是后来不都是我去把别人打一顿。”

“我没有让你那么做。”

“你这么说不合适吧。”他忽然露出一副凶相，一个大步逼近我，我吓得退后一步，他又忽然地泄了气。“你别这么说，你这么说我心里难受。你也知道我不是要嘲笑你的意思，我只是说，你否认也没用，我们之间发生的那些事情，是清清楚楚、实实在在、你否认也否认不掉的。”

“丁哲，”我说，“不管我否认不否认，事情都过去了。我已经往前走了。我就算跟许珺分手，也不会嫁给你，你明白吗？”

“我明白，但不接受。我觉得你还在气头上，做不出正确的选择。”

“你到底知不知道许珺在哪儿？”

“那我让你去问他，除了房子他还抵押了什么，你去问了吗？”

“我没问。”

“你们这算是要结婚的关系吗？”

“我也从来没问过你钱的事。”我说，“你想想，我是不是一句都没问过。”

我这么说，他一下沉默了。我心里也拿不准，他到底知不知道许珺在哪儿，或者许珺忽然失踪这件事跟他有没有点关系。也许我应该求他帮我找找许珺，因为他总是有很多的办法。但这时候，卡卡从公司的方向气喘吁吁跑来了。

“小玉姐，小玉姐，”她气急败坏地喊，“你手机怎么关机了？”

是我把手机关了。我害怕自己如果不关，每一秒都会去看有没有许珺打来的电话。

“小玉姐，咱们打个车去望京那边吧，我朋友说许珺哥在那边跟人打起来了。”

“什、什么?”

“说不清了，总之你先跟我走吧。是我一个银行工作的朋友告诉我的，他说……”

卡卡一边跟我这么说着，一边用眼睛不停瞟丁哲。丁哲退后了一步:“小玉一定不希望我去。放心吧，我不去。”

卡卡一副欲言又止的样子。他好像没看见一样，又说:“这个点你们就别打车去了，听我的，坐地铁，望京那边堵。”

我和卡卡赶到事发现场的时候，事情已经结束了。三五个人在派出所的受理厅里吵吵嚷嚷的，其中两个还穿着银行制服。我看了一眼许珺，又看了一眼坐在他旁边的人，是李立——他们三个，许珺、李立、阿明，是最好的朋友。

见我过去，许珺“呼”的一下站了起来要往外走。

“嘿，你怎么走了？这边还没处理完呢。”民警嚷起来。许珺停在门口，我也不去找他，就直接问警察:“请问怎么回事?”

“什么怎么回事，我还不知道怎么回事呢。”民警说，“银行的来了吗？你们摄像头是不是拍下了事情经过？把你们录像带送过来看一下。谁报的案？等下去屋里做个笔录。”

“等等，警察同志。”李立忽然出声说，“这个案我们不报可以吗？我同事搞错了。我跟他就是朋友，我们有点误会……”

“你们误会就要破坏社会治安？急什么，问清楚再走。”

许珺回来了。坐在大厅的金属长椅上。我拿不准我是不是应该去坐在他旁边，这时李立走过来：“嫂子，别怪他，也别怪我。我们都太相信阿明了。”

“怎么能不怪你！”许珺在旁边说，“当初是谁说的做联保？现在你不想还钱……”

我问李立：“什么是联保？”

他好像一下卡住了，脸一红，没好意思往下说。

他最后说：“要不，现在咱们就在派出所，你可以立刻报案说我诈骗，把我关进去，该关多久关多久，我也解脱了，出来以后老婆愿意复婚，是我的运气，不愿意我也认了。你别恨我，我只能这样。”

许珺气得发抖，又扑上去要打他，我死死地拦住了。

到现在我也不太懂什么是联保。也许是因为我笨……也许是我就不愿意懂吧。那天最终没有立案，许珺跟我回家的时候也是晚上十点了。他说，他们三个除了抵押房产之外，还互相做了联合担保。但是李立不打算还钱了，还跟老婆离了婚，把房子和财产都给了老婆，自己背债务，银行的工作也不要了。

“所以呢？”

“所以我还欠银行本金利息一共一百万，三年还清。每个月还三万。”

我的工资税后才一万出头。许珺的，他自己跳槽的时候告诉我，比我高一些，税后拿到手大概两万多，看公司业绩还有年终奖。

“小玉，我们还是分手吧。我不能让你跟我一起吃苦。房子也没了……”

我想了想，问他：“为什么李立可以不还？不还会怎么样？”

“应该不会坐牢，会进信用黑名单。各种事情都会受影响，不能坐飞机不能出国，还有很多别的限制。”

“为什么他摆明了不还，你还要承担他那份？”我说，“这哪来的道理？”

“这不是道理，小玉。这是人生。”许珺说，“从他昨晚告诉我不还钱的时候，我就在想。阿明喜欢冒险，所以一开始做生意赚很多钱。李立总说钱才能赚钱，所以他在银行工作，这次还给我们三个人做了联保。我不是他们那样的人，所以我不能偷渡出国，也不能骗人说钱都给了老婆，也不能不还钱……我只能做到我现在的样子。”

“我陪你还。”我说。

“小玉，我知道你是个好女孩，但你真的不能这样。你年纪也不小了。跟着我一穷二白地这样过几年，你的人生也毁了。”

“你就别说这些了，先想想怎么还钱吧。”

“你以为你这样伟大牺牲，我就能好受吗？”

“你什么意思？我牺牲什么？”我说，“我也没牺牲什么吧。我们……”

“明明以前的男朋友回来追你了。”许珺说，“你不用在我这耗了。这个房子我也租不起了，你现在就收拾东西走吧。”

我呆住了。我不敢相信，这样的话是从许珺嘴里说出来的。

看我没有动，许珺忽然大吼了一声：“你滚出去啊！我不想再看见你！”

我还是没有动。当时我们两人是坐在沙发上，许珺吼完就站起来，抓住我的胳膊拼命把我往外拖。我挣扎了几下，很快就意识到徒劳。

于是我用力推开他。

“你别激动。我现在就走。”

9

我走到小区外的时候，旁边有人对我吹了一声口哨。

是丁哲。

他仔仔细细地打量着我：“你怎么了？你哭了吗？”

“没哭。”我说。

“你是不是没有地方住了？”他说，“他把你赶出来了吧？”

“是你让他赶我出来的吗？”

“我怎么会做这种事？”丁哲说，“我发现，我这次回来，你就把我看得很坏。小玉，为什么？你为什么这样看我？”

“因为你回来以后做的这些事，实在称不上光明正大。”

“我做什么啦？”丁哲好奇的样子，“我什么也没做啊。”

“你回来，可以堂堂正正地告诉我说，你回来了。不要在我身边的人身上做文章，我觉得这样鬼鬼祟祟的很讨厌。”

“我告诉你了。我有发短信给你的。但是你一条都没回，我觉得你全都删掉了。”

“你用校内的账号给我现在的手机发短信是什么意思？”

“小玉，你变得这么方方正正，一点没有浪漫气息了，我觉得很伤心。”

“丁哲，”我停下脚步，“你想象中，我现在是什么样子呢？我以前可能还有点浪漫气息，谁年轻的时候都有的，但你觉得这几年我还会有吗？我只想好好活下去而已，我只想过正常的生活，跟别人一样。”

“说来说去都是我的错，你是这个意思吗？”

“你别管我什么意思。”我说，“你就这次回来，也没有告诉我，当初你为什么欠钱，为什么逃走。”

“那是我自己左右不了的事情。”丁哲说，“比特币暴跌，有人在做局。我如果不跑，命可能都没了。”

“你为什么要做比特币？”我问，“我求你去上班的。为什么你就不能找个安安稳稳的营生？”

“那样来钱太慢了。”

“所以，你还是那样。”我说，“这叫人怎么相信你？”

“好啊，所以你找了个你相信的。他不也一样输得一干二净？”

“他跟你不一样。他是被朋友骗了，是因为他善良。”

“收起你这套善良理论吧小玉。”丁哲说，“人被骗从来不是因为善良。是因为想贪小便宜。是因为想发财，却又不敢自己冒险，所以就捂住眼睛盲目信任别人，心想发生了任何事情都不是自己的责任。”

“我让你承担什么责任了吗？”

“你看上去是很独立。”

“你什么意思？”

“可是，你内心根本不独立。你的生活是必须有一个男人才能完整的，不然你就会越来越封闭，越来越失去活力。你在出版社工作一个月挣两三千块钱，那也叫稳定的生活？你带着两三千块的薪水、一个户口、一个编制去嫁人，那个人必须能力比你强，挣得比你多，这才是一份稳定的生活，所谓正常人的生活。”丁哲说。他说得很流利，显然这番话在他心里已经演练过好多遍。这就是他心里对我真实的看法……他原来一直是这样看我的。

我没有反驳他，就加快了脚步，往前一直走。他追上来，一下抓住我的胳膊。

“你去哪儿？你没地方可去，跟我回家吧。”

“你给我滚开。”

“真的，回家吧小玉，回我们的家。我把那个房子……”

“你别提那个房子了！”我知道，他说的是哪个房子，“你这次回来真的很可怕！好像为了达到目的不顾一切似的，把别人都看得那么便宜，那个房子我不敢住，谁知道你把里面的人怎么样了？”

“我能怎么样？我就出了个合理的价钱。”

“你觉得有钱就可以买到一切东西，包括感情？”

他松开了我的手。

“我没买人家的感情。原先住在里面的那对夫妻离婚了，他们要卖房子，我就买了。你男朋友的房子我付全款，因为他需要用钱。你前同事要找工作，我公司要招人。你们公司小姑娘追我……难道，除了你，我就没资格过点正常人的生活?”

“你这样玩弄别人不会于心有愧吗?”

“我怎么玩弄别人了?我只能对你一个人有真情是吗?你还真的很自信。”

“你住嘴!”

“你觉得我为什么要死乞白赖地求你?你有什么优越条件?就因为你善良?你善良你怎么不苦苦哀求跟你男朋友一起还债，你其实就是想逃避是吧?你就不想管他了是吧?你能有今天还不是靠他?他赶你你就走，我跟你说，他就是因为看出来你想走了才赶你的，你现在也不用跟我傲娇，过一段时间你还是会回来求我……”

我气得发抖。他疯了，这个人疯了。我也气疯了，挥手打了他一巴掌，冲他喊：“你自己心里坏，才把人都想得那么坏!我错信你了!你们一家……”

“你再提我们家试试!”

“我怎么不能提?我早就想提了，我妈那时候查账查出来的不都是真的?你爸爸害了那么多人……”

他也挥手狠狠给了我一巴掌。我耳朵里轰隆作响，半边脸一下失去了知觉。这一巴掌，他是下死劲打的。我低头捂住脸，随便找了一个方向拼命跑。他在背后追我，好像在追我，但也可能只是我的幻觉。

10

“小玉姐，你今天不来上班吗?”

“我今天有点不舒服，不能过去了。我请假了。有什么事吗?”

“没事，不过有人来公司找你。”

我心里一紧，先以为那人是丁哲。但随即卡卡信息又过来：他说是你以前的同事，有急事找你，但你拉黑了他电话。

“我知道了。”

“怎么办呢，小玉姐，他在公司开始闹事了，非说我们把你藏起来了。”

“你们报警不行吗？我懒得理他。”

卡卡没有再回复。过了一阵，我不清楚过了多久，因为我睡得迷迷糊糊，房间门铃响了。我以为是服务员，就过去开了门。

意识到是前同事时，关门已经迟了。

他愤怒地挤进了我的房间，第一句话就问我：“为什么?”

“什么为什么?”

“你别装傻了。”他哼了一声，“就你同学那个公司，明明说好了要我今天去上班的，今天过去，结果公司关门了！连牌子都摘了。”

“这关我什么事?”

“哼。你不是故意在耍我吧?”

"我为什么要耍你?"

"你同学没跟你说吗？你们不是关系很好?"他一边说这话，一边有些狐疑地在房间里打量。他那神态，就好像怀疑丁哲在我屋里藏着似的。但是这房间实在太小了，估计也部分打消了他的怀疑。"真的不是你们串通好的？他给我发了条微信，说给我一个教训。然后电话就打不通了。"

"他说要给你什么教训?"

他脸一下涨红了。这倒也是桩奇事。

"让我别老惦记着占你便宜……我什么时候占你便宜了？当初那本书，是领导硬要分配给我的，不是我从你手里抢的。"

"什么书?"

"就那本辛波斯卡的啊！其实本来就是分给我做的书，因为做别的给它耽误了。那时候谁知道她会得诺贝尔文学奖啊？诗集不好做，我拿回去是想帮你分担工作，完全是一片好心，谁知道它后来卖得那么好?"

我这才想起来。当初我刚到图书公司的时候，是从公司本来想放弃的版权里找到了一本辛波丝卡。但是书做到一半，作者忽然获了诺奖。然后这本书就被从我手里拿走了。

这件事，我大概写在了个人的博客里吧。博客我是用密码锁起来的。

"就算是我拿走那本书的，你们也不能这么耍我吧。"前同事恨恨地说，"你真的不知道这事?"

"我真的不知道。"

“那你见到他跟我说一声。其实我也没别的意思，你们那些同事以为我要跟你寻仇似的，其实我就是想追回点损失。”

他那副悻悻的模样，实在令我有些好笑。于是我就笑了，我问他：“你有什么损失？”

“我跟原来公司辞职了啊。这几天的误工费得给我吧。然后我还买了身名牌西服，然后万一找不到新工作，我的保险，还有精神损失……我觉得五万差不多了吧。”

“好，我让他赔给你。”

“他是不是特有钱？他干什么的到底？”

“做房地产的，有几个亿。”我拼命憋住笑，把这个还想打听点什么的前同事推出了房间。

其实我也不知道自己怎么那么想笑，大概是因为他的确穿了身名牌西服的缘故吧，他走了以后，我还嘻嘻地笑了好一会儿。好半天我才意识到：他是怎么知道我住在哪家酒店哪个房间的？是谁告诉他的？

想到这里，我就笑不出来了。

11

“是我告诉他的。”卡卡说。

“你又是怎么知道的？”

大概六七点吧，卡卡给我来电话，说她下班了，有事想跟我聊聊。

我同意了。

“丁哲告诉我的。不是我问的，是他主动告诉我的。”

“他没说为什么告诉你?”

“他说让我来看看你，他担心你出事。”

“他就没别人好拜托了吗?”我觉得，随随便便就把我的住店地址告诉了情绪激动的前同事，这种做法恰恰是希望我能出点事。

“小玉姐，我知道你不喜欢我。”卡卡说，“其实，我也不喜欢你。你知道是为什么吗?”

“为什么?”

“因为许珺哥。你来之前，我们谈过一段时间的恋爱。”

“啊???”

我大吃一惊。我终于明白，在这个公司里那种怪怪的气氛是怎么回事了。

“真的，真的谈过。同事们也都知道，但是他们都没提。反正后来很快许珺哥也就跳槽了嘛。”

“他怎么能……”

“他就是真的喜欢你。本来我们只是吵架来着。冷战了大概一个月吧，有人给他介绍相亲，他就去了，结果认识了你。回来就正式跟我说分手了。”

“你就……同意了?”

“我不同意还能怎么样。好了你也别多想，我也没有很难受，他又不是我这辈子唯一的男朋友。其实想想我也不是很喜欢他，就是刚进公司的时候他对我很照顾，他喜欢照顾人嘛。我就跟他说，万一别人问，就说是我甩的你吧，他也没意见。人真的挺好的！所以我们还是朋友。”

“他是个好人。”

“好人有什么用？世界上最没用的就是好人了。”卡卡又说，完全没逻辑地话锋一转，“他刚刚被人骗了吧？房子也卖了。听丁哲说是被自己的朋友骗了。”

“这种事情谁也想不到的，不能怪他。”

“不，我也不说是怪他，但这就是性格决定命运。”卡卡说，“好人是最没用的。骗子总是骗好人，还有的女的总是说，玩够了就找个好人嫁了，这就是好人的下场。”

“你这是说我吗？”

“说你，也说我自己。”卡卡说，“我也没比你好到哪去。其实，你信不信吧，刚开始谈恋爱的时候，许珺哥对我特别特别好，可能比对你还要好，但是我总是不满意，总是跟他闹别扭说分手，后来真的就分了。分手的时候他跟我深谈了一次，他说，他吸取了教训，想找那种各方面都比自己差一点，对自己能有一些感激之心的女孩子。”

“什么？”

“听到这个很伤自尊吧？”卡卡笑了，“我跟你发誓，这不是我编的。当时我听到这句话就释怀了，哦，原来你要的是感激啊，那我给不了。我什么都不比你差，你有工资我也有工资，你有房子我也有房子，我凭什么感激你？啊，把这些都说出来，真是痛快多了！”

感激之心啊……我在心里默默地咀嚼着这个词。想笑，但笑不出来。就好像武侠小说里写的那样，承蒙搭救，以终身相许。这种情感要说多么荒诞，倒也……我忽然想起了丁哲的姐姐。想起了她对我说要嫁给那个警察时，那决断、美丽的面庞。奇怪的是，我倒也不生许珺的气，倒是有了一种释然的感觉。

原来是这样啊。原来是因为这个选中我。我心里一阵轻松。

“你没事吧，小玉姐。”卡卡好像终究有点担心，我还在诧异她忽然良心发现呢，她就接着说，“你没事那我就打电话给丁哲，说你没事了。”

“你就这样跟他说好了。”

“你说，我怎么就这么贱呢?”卡卡说，“明明被你抢了两个男朋友，可还是屁颠屁颠地跑来看你……”

我没做声。

“因为爱，小玉姐，你别笑话我，我真的爱丁哲。”卡卡说，“我第一次看见他，就不停地想跟他说话，想在他眼前出现，跟他分手以后，大概也因为喝多了咖啡，晚上四点多还没睡着，我一边烦，一边想，明天上班找个什么理由不去了，但是在那一刻，我忽然意识到，我不是因为咖啡睡不着的，是因为爱。我忽然间特别清楚，丁哲就是我这辈子的最爱，我这辈子也再也不可能这样爱上谁了。”

“那你就有点不幸了。”我说，“他的最爱应该不是你。”

“可我一点也不觉得我不幸。”卡卡说，她的眼睛像发烧似的闪闪发光，“我觉得特别幸福。我觉得能这样爱一个人，我自己特别幸福。”

卡卡拿出手机叫出租车，她说这是一个叫“快的打车”的软件，用起来很方便。“顺便说啊，我要跳槽了，就是去这个公司。”她神采奕奕地说，“这软件特别好用，我觉得肯定能风靡全中国。”

真羡慕她啊，我由衷地想。羡慕她年轻矫健的步伐，羡慕她确信无疑的神态。当她一只脚迈进出租车里的时候，我不眨眼睛地看着她，真心羡慕她的两条长腿。我不知道，好像从什么时候开始，全中国女孩子的腿都变长了。那是安稳、富足的年代的恩赐吧，不像我们。

我们贫瘠、苦涩的青春年代，已经永远地被埋葬在过去了。

出租车要开走的时候，卡卡忽然又推开车门，跑到我跟前来。

“对了，小玉姐，你去看看丁哲的姐姐吧。”

“你怎么知道他姐姐？”

“嗯，他姐姐现在在医院住着，得了绝症。”卡卡说，又赶紧解释，“他没告诉我，我自己查出来的。”

“你还真的……”

“如果你爱一个人，这些都很容易知道。”卡卡说完，又猛地一跳上了出租车，那辆车飞快地开远了。

12

我走进丁馨病房的时候，她在睡觉。一开始我还不能确定是不是她，床上躺着的那个人看上去是小小的一只，而他们姐弟都是高大、修长的体形。但我马上看到了那条毯子。

我从家里带出来的，矿里奖给我爸爸的羊毛毯子。“在 1995 年大干四季度劳动竞赛中获得优胜奖”，这么多年过去了，毯子上印着的字迹，仍然清晰可辨。

那是我最珍贵的东西……那时候我们很幸福。逢年过节发很多水果鱼肉，有了自己的电视台，有了卫星转播，看得到卫视中文台，还有体育台，我们第一次看到国外的足球联赛。如果把鼻子埋进毯子，就能闻到那时的气味。父母的气味，年少时我们的气味，充满活力和希望的生活的气味。

夏天午后的阳光从窗帘里漏进来，空调的温度开得稍微有点高，是能让人微微出汗的那种高，丁馨却抱着那床毯子，全身微微弓着，手里还抓着遥控器。

电视机也还开着，中央五台，里面播放着欧洲足球集锦。

我坐在床边，看着主持人盘点一个个在本届欧洲杯后退役的人。有好多都不认识——距离我认真看球的时光，已经过去很久了。

门响了一下。我以为是丁哲过来了，吓得一下站起来，但是是护士。她探头进来看了一眼，看见病人在睡觉，对我笑了一下，又退了出去。

她关门的时候有一点响动。床上躺着的人醒了。

她睁开眼睛的那一瞬间，我想喊她一声“姐姐”，但喊不出口。除了看上去缩小了一圈，她的样子一点没变，只是白得透明，整个人漂亮得有些可怕。她和丁哲本来就是我们矿里著名的长得最漂亮的孩子。不管是漂亮，还是聪明，我都远远比不过他们。

“你来啦。”她说。

我点点头。“丁哲说你想见我。”

“我说一辈子不想再见你的，我做到了。”她说，“我这一辈子就快结束了。”

“你别这么想。”

“我怎么想都无所谓，改变不了事实。”她说，“你安慰人也不讲事实，所以起不到什么安慰的作用，不过你一向是这样子。”

“你们批评我也批评得够多了。你们批评得对。”

“你这个人是不是没脾气啊？看着没脾气，其实不是因为你心善，是因为你心冷。”

“嗯。”

“你为什么第一次他跟你求婚的时候不答应他？”

“你怎么还在想这事啊。”我说，“我就算答应他，后面那些事还是会发生的。他性格就是那样。他安定不下来。”

“你怎么知道他安定不下来？”

“我妈妈说的。我妈妈说，要忘记伤口，只能走得越远越好。

他的伤比我还要深，所以他也要走得比我更远。但我走到这里就停下来了，不能跟他一起走下去。”

“你妈是比我妈强。”丁馨说。她和丁哲的妈妈在丈夫宣判的那天就吃了一整瓶安眠药。这些回忆，让我们都沉默了一阵。

“我立了遗嘱了。”丁馨说，“过两天律师会去找你。”

“什么?”

“就是把我的那套房，丁哲给我买的房，遗赠给你。”

“我不要。”

“我管你要不要!”她烦躁地说，额角冒出了汗，“我又不是为了你好才给你的！我是为了……算了！跟你说这些没用。”她伸手按了床头铃，“你赶紧出去，我是病人，不能激动。我待会儿要打针了，不然痛得厉害。”

见我没有反应，她提高声音，重复了一次：“你赶紧出去！别让我再看到你!”

但是，我还是没动。

电视上出现了一张熟悉的面孔。

2012 年 7 月 25 日，意大利功勋球员、活跃在越位线上的天才前锋因扎吉宣布退役。

1996 年，我们第一次看到因扎吉的比赛。意甲七姐妹，帕尔马。那时他是一个忧郁的小伙子……我们都觉得那是自己这辈子看过的最帅的人。我们逼着丁哲跟我们一起看球，冬夜里裹着毯子看，他就一直在那里打瞌睡。

“你不觉得丁哲长得特别像因扎吉吗?”丁馨悄悄对我说。因扎吉进球的时候，她用力把丁哲推醒，“不要光知道读书！”她用力敲他的头，说要把他敲傻一点。她拜托我一定要让丁哲参加足球队：“小玉，我只有这一个弟弟，我希望他普普通通、健健康康的，你帮我看好他。”

丁哲真的很像因扎吉，在以后的日子里，越来越像……在他离开我的那些年里，每次看到越位线上的因扎吉，我就好像看到了他，心会猛地缩成一团。那种心悬于一线的危险，那种无望中又无穷的希望，牵引着我的目光，让我永远心绪难平。我们是因为谁才喜欢上谁？谁才是触发我们年轻眼睛的那一个点，谁才是我们心中真正的至爱？没有人清楚，一切都早已经混在了一起，再也说不清了。

“姐姐，你看皮波……”

我噙着眼泪回头看丁馨，她一下把毯子扯到自己眼睛前面，挡住脸，像个小女孩一样地哭了起来。

13

我再见到卡卡的时候，天气正是乍暖还寒。

我去参加他们公司的一个庆祝酒会，主题是祝贺他们获得了A轮一千万美金的融资。

她一看见我，就冲我扬了扬手，给我看她无名指上套着的一个白金戒指。

我的嗓子紧了一下。但她马上笑着说：“我吓你的。这是右手。”

真的是右手。不过，刚才那阵心跳猛然加速的感觉一下没过去，我咳嗽起来。

“你很怕丁哲跟我结婚嘛。”她说，“你不用解释了，我看出来了。”

“我不是怕。”我说，“就是条件反射。我知道他不会跟你结婚。”

“你人变得活泼了哎。”她说，还是高高兴兴的样子，“比以前坦诚了，我喜欢！”

我真的比以前坦诚了吗？可能有一点吧。

事实上，我是好不容易才走出家门来参加这个酒会。就在一个月以前，我所在的那家公司——那家团购网站——倒闭了，我们留在那里面的人统统失了业。年近三十又要重新找工作，这对我简直是巨大的打击，但是也有好的一面：遣散金拿了不少，足可以一段时间待在家不工作。我其实手头有好几份面试通知，好些人让我去做新媒体什么的，说微信新做的公共媒体平台特别好，绝对可以超过微博，更别提什么豆瓣知乎，我就以研究为由，干脆不去找新工作，给自己放了个长假。

走出家门，也许就意味着这假期即将结束。身边的人都喜气洋洋的，他们身上漫出来的幸福和热望的温度，在冬天里也足以催放兰花。

这就是人生吧，人生是一个火热的时代接着一个火热的时代，当下一个火热的时代来临，所有的过去就都被抛在了脑后。也正是因为这样，我们才可以活下来的，不管曾经失去了什么……丁馨的追悼会我没有去参加，卡卡去了，当然是为了见丁哲。

但是，丁哲没有去。他又跑了，这次跑得更远。主持追悼会的是丁馨的前夫——那个警察。卡卡说，他哭得很伤心。到底他们是为什么要离婚，又或者，在那段失去希望的时间里，丁馨的心里对他有没有一丝爱情，又有没有一丝怜悯？我不知道，可能永远也没法知道。

“我跟你说哦，前几天我见了个人，你肯定想不到。”

“谁啊？”

“就你那个图书公司的同事啊。胖胖的那个。”

“……他啊！”

“他来我们公司面试，看见我还想装没看见。我故意去告诉他，骗他说这公司是丁哲开的，他就……哈哈哈哈，可惜你没看到他落荒而逃的样子！他怕丁哲简直怕得要死。”

“他有时候是蛮可怕。”

“我不知道。他从来没露出过可怕的一面，在我面前。”卡卡说，“小玉姐，我真嫉妒你。”

嫉妒我什么？我所有的你都拥有。也许除了一个人，但那个人，是我也从不曾拥有过的。我曾经恨过他——是真的恨，但是当他回来的时候，当我看到他的第一眼，我就知道，我已经原谅了他，他也清清楚楚地知道这一点。但我们还是害怕。我们害怕，如果一切重来，我们还是会像以前那样互相伤害——后来我们果然那样做了。

“对了，许珺哥怎么还没来?”

“你们请了他?”

“怎么能不请他？他现在是业内大号，科技报道头牌。”卡卡说，“就是比较难请，他那个号都是他自己在写，所以他一般不接受晚饭邀请的，只跟人吃中饭。”

“哦。”我松了一口气。

想跟卡卡再说几句，她却忽然不见了。

意识到问题的时候已经来不及了。

许珺出现在我面前的时候简直猝不及防。在我看来，他好像没有任何改变，除了人胖了一点，头发好像少了一点——那兴许是熬夜写稿的缘故。

他站在我面前，一副紧张兮兮的模样。

我只好问他：“你最近还好?”

“挺、挺好的。”他说，“就一切都还不错。你前男友还好?”

“他应该挺好的吧。把公司又卖了，好像去了加勒比海那边。当海盗去了吧，还挺符合他的定位。”

“是，是啊，他长得也像海盗，黑黑的。蛮帅的，呵呵。”

我们这样寒暄了一阵，就分开了。彼此好像也没有什么话好讲……我撑了半个小时，喝了两杯红酒，看没人注意我就往外走。刚刚装上的打车软件却特别不好用。我在寒风中等了半天，最后还是决定走到下一个路口，徒手在路边打个车。

“小玉，等等我!”许珺从背后追上来。

我站住。

“唉，这个软件吧就是还有问题。装车量还是不足，然后竞争对手也起来了。”许珺嘟囔着，忽然又猛醒过来似的，“啊，说这些干吗！我送你，我送你！”

“不用了，不用送我。”我有点尴尬。

许珺应该还不知道我住在他原来家的事。

我们就站在寒风中，默默无语。

“你现在住在哪儿?”我问他。但我也不知道我问这个干吗。

他的回答却令我大吃一惊。他说：“我租了一个特别好的房子。”

说到那个房子，他的神情一下明亮起来。他说，那个房子在一个隐蔽的居民区，价格便宜，生活还特别方便。好像是一个工厂搬迁后留下来的，房子也收拾得特别好，以前住在里面的是一对夫妻，“后来不知道为什么搬走了。但是，房子里留下了很多的绿植，感觉他们应该很热爱生活吧。”

“嗯，应该是吧。”我说。

“真的没想到，我一开始只是想租个便宜的房子……”许珺说，“所以，生活不只是有陷阱，也有奇迹，是不是?”

“是的，有奇迹。”我由衷地说，“你能遇到奇迹，真好。”

“小玉，小玉我一直在想……”

“你想什么?”

“我以前以为……我以前以为，经过这一次，我再也爬不起来了。但是现在我觉得，我还可以站起来。我的人生还有机会。”

“你一定有的。”

“我们还有机会吗，小玉?”许珺一下抓住了我的手。在冬天里，他的手总是好像刚从大衣口袋里拿出来一样，热烘烘的。被这样温暖的手握住，真是幸福啊……曾经在我人生最冰冷的时候，这样的一双手接住了我。我对这一切、对这个人，无法不满怀感激。

“小玉，我好想你。”他把我的手又抓紧了一些，“我总是在想，我第一次看到你的那天，你一个人静静地坐在那里，没有人看你，但你坐得很直。她好像在等谁，啊，是的，她不就是在等我吗？能被这样一个女孩等待着，我觉得很幸福。就是从那一刻开始，我心想，我要跟这个女孩共度一生。”

是的吗，他真是那样想的吗？不知为什么，我相信。我相信他在那一刻的真诚，也相信他此时此刻的真诚。“你就是我这一生最爱的人，任时间流逝，永不改变。”每当这句话在人们心头涌起，那份爱意都是如此绝对，令人心醉神迷。然后我们很快就发现，爱是会改变的。我们会爱上别的人，爱得或许不是那么强烈，却一样真挚。爱就是这样。爱就像我们自身一样，又自私又软弱。可是，就是这样的不足挂齿、不值得嘉奖的爱，却仍然能成为我们生命的慰藉。

许珺松开了我的手，微微退后一步，他的神情就像我们第一次见面一般，紧张，又充满了自信。他比我刚刚好那么一点点，好到刚好填满我生命中的缝隙……他伸出手，就好像在等待命运的宣判一般。我不知道，我是否也应该向他伸出手去?

是的，我们都在等待……我们依然在等待着那个生命中最爱的人吗？而那个人，又是谁呢?

蓝衬衫的女孩

>>> Part Three

“喂，你也没有爱过他吧。”阿蓝忽然说道，一副无所谓的神情。

我吓了一跳。

她是看透了我刚才的心理活动，才忽然冒出来这么一句吗？想到这点，我不禁直直地瞪着她的眼睛。但是，在阿蓝同样直视着我的眼神里，既没有责备也没有窥探，干干净净的，像此刻秋天的空气一般澄澈透明。

说来残酷，在这世上我们无论对何人钟情，归根到底都只是种偶然。

OK，我可以不要

那牛仔裤

浅色的那条

——Tizzy Bac《浅色的那条》

1

父母离婚的那年我才七岁，因此几乎没有留下任何有形的回忆。

如果说有什么不一样的感觉，就是家里忽然安静了下来，他们漫长的争吵突然从空气中消失了。

说这件事的时候，我和阿蓝坐在一间冷饮店里，她探询似的盯着我看了半天，问："就真的一点都想不起来？"

我点点头。

"你还真是可怜。"她好像颇为失望，用手里的吸管狠狠地戳着杯底的冰块。她的手腕上戴着夸张的朋克风格手链，捷克水晶啊缎带啊假珍珠啊绕成一团，就那样叮叮咚咚地撞击着杯子，那声音令人心烦。

我找到桌上的呼叫器，用力地按下了“结账”的按钮。

说起来这也是我的错，本来就不应该和她说这些的。因为，阿蓝跟我什么关系都没有。

阿蓝是我前男友的前女友。或许这么说也并不恰当，因为，当我和前男友景泰在一起的时候，她和他并没有真的分手。

我是在景泰常去的网站的信箱里发现阿蓝的存在的，当时正在闹非典，被从学校里赶出来的我又不想回家，只好和景泰住在了一起。他在一家很奇怪的国有搜索引擎公司里上班（不是百度），经常加班，我不明白的是，他每天回来做的第一件事就是马上打开电脑，就好像上班十几个钟头还没看够似的。

我并不是故意刺探，是景泰自己上了网站又忘了退出。我根本没有登录，直接就进了信箱，然后就看见一个叫“阿蓝”的 ID 给景泰发了好几条站内信。

“我今天是穿着你的衬衣睡的午觉，醒来的时候，感到阳光好极了。”

“我想辞职去学钢琴，你能不能借我三万块钱？”

当天晚上我就和景泰大吵了一架，他家的东西被我砸了个稀巴烂，景泰抱着我，一叠声地解释，说他和那个女人早就一点关系都没有了。

“是她一直缠着我的，那个女人非常可怕。我绝对不是个花心的男人，真的，迁美，我喜欢的只有你一个。”

他当着我的面给阿蓝发去了非常决绝的回复，大致表达了“我们之间已经没有任何关系，你现在过得怎么样我完全不关心”之类的意思。

他按下“发送”键的时候我几乎想阻止他，因为我觉得，这样做其实挺不地道。

但我终究什么都没说。

我并不是相信了景泰的话，而是觉得，相信不相信都无关紧要。那场瘟疫般的流行病好像一时半会儿还没有结束的意思，在那段时间里，我根本没有其他地方可去。

我一直不是很喜欢景泰，只觉得他是个有意思的人罢了。知道很多关于第二次世界大战的掌故，收藏了全套原版的《卡迪加·太空堡垒》，对各类新型的战机和电子产品如数家珍，对我来说，他就好像另外一个星球上的生物。再说，他收入丰厚，为人大方，经常带我去不错的餐厅吃饭，这让我觉得，跟他交往也不错。不过住到一起之后，这段关系就开始变得让人心烦起来。我最受不了他洗澡的时候总是忘记盖马桶盖，我再用的时候，得先用纸擦一遍，不然就会坐得一屁股都是水。还有他吃过外卖就把饭盒随手放在电脑旁边，然后又开始抽烟，把烟灰弹在剩菜上，那种狼藉的模样总让我恶心。

非典一结束，我就从景泰家搬走了。没有跟他商量，因为这本来就是一件自然而然的事。我想景泰也不会特别难过，既然劈腿，说明他对我的感情也不过如此——什么只喜欢我一个人，只是男人都会说的鬼话而已。

如果不是有一条裙子忘在了景泰家，我大概不会见到阿蓝。

那是我考上大学那年爸爸给我买的裙子，我一直在想，是干脆扔在景泰那儿，还是厚着脸皮去拿回来。就这么一犹豫，夏天都已经结束了，明年会不会发胖、还穿不穿得上那条裙子都是未知数——但我终于还是决定去景泰家一趟。

打车到了景泰住的小区，我却发现，自己已经忘记了他的门牌号。说来也难怪，和他一起住的那两个月，我几乎没怎么出门！我给景泰发了短信，接着就无聊地在小区里转来转去，然后，我看见了阿蓝。

当时我并不知道是她，只看见一个穿得邋里邋遢的女孩，坐在一栋楼前的台阶上抽烟。但是，她穿着一件蓝色的衬衫。那种蓝色很特别，比天空的颜色要深一些，却又不知道那些多余的蓝是去了何处，总之是让人过目不忘的颜色，那种颜色，我以前从来没在女孩身上看见过。

就在我想这人到底是干什么的时候，她忽然站了起来，跟我打了个招呼："嗨！"

她的表情好像老早就认识我似的。

我忽然一下就明白了，这就是那个叫阿蓝的女人。

"我是来拿钱的。"

她说着就笑了起来。看着她的那副模样，我马上想到，之后我和景泰之间发生的事情，她都已经知道得一清二楚。

"他答应借钱给你了？"我压抑着心里的愤怒，一字一句地说。

她满不在乎地点点头："嗯，他人挺不错。"

借钱给她的就是"人挺不错"，这人简直实际得过分。这就是我对阿蓝的第一判断。初次见面，我只觉得她非常讨厌，人长得不漂亮，看上去也没什么气质。这样一个人就是景泰的劈腿对象，这让我既困惑，又有种如释重负的感觉。

“等了半天，他就是不回来，我还以为他后悔了。”阿蓝接着说，“但现在明白了，大概是因为你也来了的缘故。不想面对这样尴尬的情景，所以干脆一躲了之。他这个人就是这样。真可怜啊。”

说着“真可怜啊”这样的话，阿蓝脸上却没有什么表情。这让我很不舒服。

“不要在背后议论别人。”我冷冷地抛出一句。不过，景泰一直没有给我回短信，我心里也明白，阿蓝说的是对的。再等下去一点意义也没有。只是，我本来想着能见景泰一面，忽然一下子落空了，心里居然有点不好受。

“看样子他不会回来了，不如去喝杯咖啡吧。”阿蓝一副满不在乎的模样，拍了拍屁股上的灰。然后她弯腰把扔在一个角落里的包捡了起来，“天气还不错啊，想在外面走走。”

她并没有说“一起去喝杯咖啡”，我却莫名其妙地，跟在她身后一起走出了那小区。

我这个人虽然平时性格算得上别扭，当时却觉得：跟她一起走走也好。

幸亏她没有问我“为什么跟着我”之类的话。走出小区之后，她一直向右转，然后便拐进了触目可及的第一间咖啡馆。我跟着走了进去，马上感觉到，那是个挺糟糕的地方。空气中飘荡着烟味，几个中年人坐在角落里打牌，不时发出含糊的吆喝声。她却好像全不介意，随便找了个地方就坐了下来。

“我要一杯蓝山咖啡，你要什么？”她仔仔细细地将仅有一面的水单从头到尾地看了一次，抬起眼睛来，正对着我的眼睛。

她那认真的表情，就好像在香榭丽舍大街喝咖啡似的。

“我要摩卡。”

咖啡很快就端了上来，蓝山用蓝色瓷杯，摩卡用白色。我扫了一眼，二者之间好像没有什么说得出来的区别。咖啡表层飘着一层可疑的白灰，像是尚未溶解充分的植脂末。我看了一眼，大概是露出了嫌恶的表情，随即把杯子推到了一边。

“你这个人，未免太挑剔了。”阿蓝喝了一口自己的咖啡，对我说。

如果别人这么说话，可能我已经冒火了。但面对阿蓝，我却没有这种感觉。怎么说呢，她好像对自己说的话并不坚持。只是随随便便地说出了口，从来也不去考虑这话会对别人造成怎样的影响。

要跟这样一个人去计较些什么，未免太没劲了。

“景泰又有什么不好呢？”她继续对我说，“为人善良，长得也不赖。”

“你这是在劝我跟他和好吗？”我顶回她的话，多少有些生气。

“啊？”她好像吓了一跳，“你怎么会这么想？你的人生跟我没关系。”

说完这句话，她喝了一大口咖啡。

我明白了，她说到景泰，只是随口举例证明“你很挑剔”，而不是对我和景泰之间的事有什么真正的看法。甚至，她这一秒说过的话下一秒就会反悔，她就是这种反复无常的个性。

只是我忽然想到，钱完全可以打到卡上，景泰却让阿蓝上门去拿，这说明他们之间还是余情未了。准确一点说，是景泰对阿蓝余情未了。

想到这里，我忽然感到悲伤。

但我不是为了自己悲伤，不是嫉妒景泰对阿蓝的感情，而是为景泰难过。因为，景泰是个好人，因为阿蓝一定从来没有爱过景泰。

“喂，你也没有爱过他吧。”阿蓝忽然说道，一副无所谓的神情。

我吓了一跳。

她是看透了我刚才的心理活动，才忽然冒出来这么一句吗？想到这点，我不禁直直地瞪着她的眼睛。但是，在阿蓝同样直视着我的眼神里，既没有责备也没有窥探，干干净净的，像此刻秋天的空气一般澄澈透明。

那次会面很快就结束了，在阿蓝起身离开之前，我那杯咖啡还是动都没动。

她要走了我的电话号码，说以后也许会打给我。

那之后她果然给我打过几个电话，但都只说了几句没意义的话就立刻挂断。从电话里的杂音判断，她总是待在人群的中央，而且周围的人都欢声笑语，所以，没准她只是出于恶作剧或者想刺激我，才拨通了我的号码。

但那样的电话，却莫名其妙地给我一种寂寥的感觉。

阿蓝到底过着怎样的生活呢？那种生活，也许就像被她衬衣上的蓝色浸泡过，是一种语言无法描述的颜色，艳丽又空茫。

我在心情烦闷的时候也会想到阿蓝，想要对她说些什么，但有次试着打了她的电话，却被提示“您所拨打的号码已欠费”。

那一刻我反而有种如释重负的感觉。因为我有个说不上怎么好的习惯，就是打通电话以后，首先要告诉别人，我是为什么打这个电话。为什么要给阿蓝打电话？这个理由，却连我自己都不清楚。

也许是因为打给她不会有什么负担。反正，无论你对她说什么话、诉什么苦，她都会在下一秒钟迅速地忘记，一点痕迹都不留。

就好像热气球迅速地飞到了大气层，然后在视线不能及的海面上方“嘭”的爆炸。

所以，这一次当我又遇到了解决不了的烦心事，居然惯性般再次拨了阿蓝的号码。

出乎意料的是，那个号码已经恢复使用，而且，铃声刚响了一次，阿蓝马上就接起来了。

我猝不及防，下意识地想要以“我给你打电话是因为……”这个句式开头，她却不耐烦地打断我，直接问：“你在哪里?”

我说了我的地址。

“我马上过来。”阿蓝撂下这么一句，就挂上了电话。

当时我还挺感动的，可是，和她一起坐了十分钟以后，却感到更加心烦意乱。

结账的时候我付掉了两人的钱，阿蓝靠在座位上，一副无动于衷的模样。当然我本来也就是打算请她的，可是，她居然连一点

“我也可以付账”的表示都没有，又让我觉得有点生气。我们一起走在街上，她一声不吭，看样子心情也不太好。我正考虑着该怎么不失礼貌地跟她告别，她却忽然说：

“你刚才是不是说，你没地方住了？”

“嗯。”我点点头。刚才我的确跟阿蓝提到了自己马上要被学校宿舍赶出来的事。

“那就住到我那去吧。”

“什么？”我吃了一惊，“你说什么？”

她看也不看我，伸手拦住了一辆出租车，钻了进去。

“你明天再给我打电话吧，我回去把屋子收拾一下。”

我看着十字路口的交通灯从红色变成绿色，那辆出租车一下子融入了车的洪流中，湮没不见。我忽然有种感觉，也许以后再也见不到阿蓝了，虽然她刚说了“给我打电话”，但到了明天，这个号码会被取消，这辆出租车会被除名，阿蓝这个名字会像漫长雨季里的短暂晴天一样，突然消失得无影无踪。

我知道这种感觉很荒谬，但就是忍不住这么想。

我慢慢地走回了学校，拼命忍住眼泪，因为我从来没有像此刻一样强烈地感觉到，自己已经完完全全无处可去。

2

那段日子，我过得简直一团糟。

因为非典的缘故，我们那一届的本科生被推迟了三个月毕业，在春天的好天气里无所事事，却要在一年中最炎热的天气里每天跑图书馆炮制论文。说起来，大学已经上到第四年，我却感觉自己什么也没学到，甚至变成了一个更没用的人，完全不知道将来应该干什么。再加上“马克思主义哲学”那门课怎么也过不了，虽然还有最后一次的重修机会，但我因为缺课太多，能不能顺利通过还是没有把握。

就算这样，我也还是每天到学校附近的一间叫“站点”的咖啡馆打工。那间咖啡馆的服务员都是打工的在校生，班是半天一换，但只要没有课，我就会整天泡在那里。

我就是在那间咖啡馆认识秀泽的。

和景泰分手以后，我又和两个男人交往过，但都是那种不甚长久的关系，吃过几次饭，去过几次旅馆，然后，他们就像忽然发现了比跟我谈恋爱更重要的事似的，一声不响地消失了。

我想那并不是他们的错，他们想要的只是一种被依恋、被需要的感觉而已，而我没能让他们产生那种感觉，这是我的错。如何让男人觉得自己是“不可或缺的人”，这也许是每个女孩天生就懂得的小小诡计，但对我来说，就算对照着所有爱情指南书上标示清楚的条目，也没办法做到这一点。

我清楚，这样的我并不是比别人坚强，而是比一般人更加软弱。

如果说出了“你不要走”这样的话，就要对接下来两人的不快乐负责。如果这段关系真的走到撕破脸皮的那天，对方就会嚷嚷起来“当初都是你死皮赖脸地缠着我”，然后摆出一副受害者的模样。

这样的情景，哪怕是存在于想象中，也让我无法忍受。

也许就是因为这样吧，我从来没有谈过超过三个月的恋爱。只要一吵架，或者有什么不快，我就会在心里说“也许到了该分手的时候”。

在和上一个男朋友分手之后，我确实想过，这样一段接一段毫无结果地谈恋爱其实什么意义也没有，或许我应该停下来，找一本《心灵鸡汤》或者《遇见未知的自己》之类的书，用上面介绍的方法把自己打造成一个成功人士。不管怎么说，自己已经大四，好歹也应该投几份简历，找找工作，这样打零工下去，当学生时固然可以活得滋润，但一旦没有宿舍住了就连房租都付不起——总之，就在我已经决定收心当一个上进青年的时候，却猝不及防地遇见了秀泽这么个人。

简直像掉进了命运的陷阱。

其实，是我先注意到秀泽的。因为那段时间，他总是在早晨咖啡馆一开门就进来了，在二楼的角落座位，一直坐到夜里打烊。他一杯接一杯地喝着特浓咖啡，中午、晚上，他总是吃三明治。我不能理解有人居然就靠那种冷冰冰的食物维持生命。至于喝下那么多咖啡，我总觉得，他的大脑沟回恐怕都会被咖啡因填满，据说，巴尔扎克就是咖啡中毒而死的。

也许是他注意到我在看他，也许没有什么特别的原因，有一次，当我去他那桌收拾盘子，他忽然问我：

“你知道意大利语的‘窗子’怎么说吗？”

“啊?”我吓了一跳，“怎么说?”

“我是不知道，所以才问你的。”他索然无味地答道，似乎认为居然不知道意大利语的窗子怎么说，完全是我的错。

真是个怪人，我在心里嘟囔道。

那天晚上有一节马哲课，我六点的时候就要下班，在摘下了围裙、把工作时规定要穿的裙子换成了牛仔裤之后，我忽然起了个念头，再到楼上去转一圈。

季节已经快要入秋，天黑得比盛夏要早，但是，咖啡馆的二楼还没有开灯。金灿灿的夕阳反射在窗户玻璃上，似乎是在我走上楼梯的一瞬间，它就沉下去消失不见。在突然降临的黑暗中，我下意识地寻找着秀泽的脸。本来对自己说的是“就上去转一圈”，却在那一刻明白了自己真实的心意，我忽然觉得羞愧起来，转身就走。

“喂。”身后有人喊了一声。

我没有停步。

“你想不想看电影?”那人继续扬声问道，声音里没有多少感情色彩，只有从句末扬起的语调，能听得出这是一个邀请。

我不由自主地点了点头。

在黑暗中，他看到了我的动作和表情了吗?我站在楼梯口一动不动，听到他收拾好东西，还没有听见他的脚步声，却发觉他已经到了我的身边。和我擦身而过的时候，他略停了一秒，低声对我说:“我去开车过来，你在门口等我，好吗?”

我吃了一惊，没想到这个人还有车。一想到待会儿要和他坐在同一辆车里，我忽然觉得自己窘得手脚都没处放。

“迁美，你怎么还不走，晚上的课要迟到了吧！”我磨磨蹭蹭地好歹走到了一楼的时候，店长好心提醒我。他是个三十多岁的老单身汉，每天却总是骑一辆改装过的哈雷摩托车来上班，拉风得过了头。

“啊，我，那个，我今天晚上……”我慌慌张张地推开了玻璃门，差点自己把自己绊了一跤。但是站在门口等了好久，都没有看见有车过来。咖啡店装着大面的玻璃墙，我有点害怕店长注意到我在外面等人，明天又要问个不停。就在我觉得自己可能被捉弄了的时候，一辆车在我面前停下，响了一下喇叭。

那是一辆看上去有些年头的奥迪车，外表破旧，座位宽大，坐起来倒是挺舒服。奇怪的是，坐进车里的那一刻，我忽然放松了下来。一路上，秀泽既没有打开收音机，也没有放任何音乐。在那种沉默之中，我们之间似乎达成了一种共识，那就是：随便去哪里都可以。

最后，秀泽把车开进了一家汽车影院。

就是那种情侣们开着车进去，看着大荧幕上的煽情电影，然后就可以在车里随便干点什么的汽车影院。

但是秀泽和我什么也没干。

服务生发给我们一支荧光牌，告诉我们，需要什么服务的话，就举起牌子示意。可是，秀泽把那支牌子扔在了后座，两个多小时里，我们连口水都没喝。他交握着两只手，放在自己的膝盖上，这个姿势一直未变。那天晚上播放的电影是《纯真年代》。即使当丹尼尔·戴·刘易斯将手伸进米歇尔·菲佛的衣襟，秀泽的呼吸仍然平稳，双手也仍然放在原地。我甚至有种感觉，他对电影的内容并不关心，他来看电影，只是为着能盯着一个地方一直出神而已。

直到电影结束的时候，他才如梦初醒地问我：“你还好吧?”

我点点头：“我喜欢这部电影。”

他用一种困惑不解的目光，紧紧地凝视着我。

“你、喜欢、这部电影。”他没什么语气地重复了一遍。

我只好把这句话当成疑问句。

“因为男主角是我喜欢的类型。”

他并没有继续追问“是什么类型”，这让我松了一口气。我确确实实喜欢这部电影，但是，如果别人问我“为什么喜欢这种无聊的东西”，却又会无言以对，甚至感到很大的压力。

我只想轻轻松松地生活而已。

那天晚上，秀泽把我送回了学校。虽然没有亲吻，也没有恋恋不舍，但我有种直觉，一种连结已经在我们之间建立了起来。当然这还称不上恋爱关系，但或早或晚总会走到那一步。

然后，就是再一次地约会，试探性地亲吻，去情人旅馆；再然后就是丑陋的争吵，彼此迅速变得淡漠；最后，是一个可期待的结束。

想到这一点，我忽然伤感得无以复加。这种伤感的程度以前仿佛不曾有过，那么，是不是因为那个最终要与之分别的人是秀泽，我才会如此伤感呢?

“那么，再见了。”为了让自己不再胡思乱想，我用力对秀泽挥了挥手。他用似乎是困惑的表情对我笑了笑，然后，就摇上了车窗，迅速地把车子开远了。

既然开得起奥迪车，又成天不用工作还能泡咖啡馆，我猜想秀泽应该是个有钱人。据说判断一个人是不是有钱，要看他手上戴的表和脚上穿的鞋，但秀泽总是穿一双看不出原本颜色的麂皮短靴，并且从不戴表，所以我想，他应该也不是特别有钱——至少不是煤老板的后代吧，这让我松了一口气。

我不喜欢有钱人。这么说虽然有些虚伪，但确实是我的真心话。倒也并不是仇富什么的，只是，我本能地感到，有钱人和我这样的平头百姓并不属于同一种族，虽然说着同一种语言，但每个词的含义恐怕都截然不同。

在那次一起看电影以后，我和秀泽并没有特意约会过，只是在咖啡馆里，如果我上晚班，秀泽就会送我回学校。而我，一方面不想将这段关系公之于众，另一方面又对它最终会通向何处着实感到茫然，也许还有隐隐的自尊作祟，总之，我从来没问过秀泽这样的问题："我是不是你女朋友？"

咖啡馆的生意并不好，有时，我一边擦着桌子，一边却会忽然发起呆来，不由自主地看向角落里的秀泽。我发现，自己是这么喜欢隔着一个房间的距离、隔着稀稀落落的客人、隔着人们有一搭没一搭的谈话声，注视秀泽沉默的侧影。当秀泽发现我在看他，就会抬起头来茫然地对我一笑，然后低下头继续看书。他总是在看书，却并不是为了写论文、找工作而看，甚至也不是为了学到什么，而只是为了能长时间地注视着某处。秀泽看着书，而我看着秀泽，这就是浩瀚未知的宇宙中我们唯一可知的联系，这是让人悲伤的事吗？我却希望，这样的时间能一直延续下去。

在生意特别清淡的某天，我上完晚班，刚把脚上的半高跟鞋换成球鞋，忽然听到店长和别人抱怨起一坐整天却几乎什么也不吃的讨厌客人。

“生意越来越差，再让人这么不停地续杯可承担不起了啊。”店长看着一天的流水，看上去有些犯愁。

“怎么了？”我说，“反正座位也是空着的！”

话一出口，我就知道自己反应过度了，脸一下变得滚烫。店长莫名其妙地看着我，他当然不是特意在说秀泽一个人，但我那模样，任何人都看得出有些不对劲。

幸好，他没有追问我什么，只是把钥匙扔给了我，要我锁门。

“可是明早我有课……”

“无所谓，反正那么早也不会有人来，你十一点来开门就行。”

说完这句话，店长就对另一个新来打工的大三女孩递了个眼色，两人说说笑笑地走出了门。

“这样太不负责了！”我的抗议刚说出口，店长已经发动了他那辆破哈雷，大三女生坐在了后座，两只胳膊紧紧地搂住店长的腰，看来是根本不担心被我看到。

我正要关门的时候忽然想到，秀泽还在楼上。刚才打烊的时候我提醒了他一句，他没什么反应，我也没在意。可是这么久他还没下来，这就有点不正常，更不正常的是，我居然把这事忘得一干二净！

我心里一紧，背上莫名其妙就出了一层冷汗，三步并作两步跑到了楼上。

秀泽还在那里。一个人不可能凭空消失，刚才那一刻的惊恐，只是我毫无道理的错觉。在灯光阴暗的角落，他像平时一样弓背坐着，眼睛盯着桌面。我定睛看，却发现书掉在地上，而他的手撑着额头，显出一副别扭的姿态。

“你怎么了？”

“没怎么。”他皱着眉头答，“有事吗？”

他的态度很冷淡。可是，他的声音里带着一丝痉挛，似乎在忍受着什么巨大的痛苦。

“我知道意大利语的‘窗子’怎么说了。”在这种情形下，这句傻乎乎的话脱口而出。

他没接茬。

“Finestra。”我努力地发出这个音，勉强笑着继续说道，“Finestra。意大利语还真难学，舌头根本转不过来……”

一句话没说完，秀泽忽然猛地抓住了我的手。

我吓了一跳，因为他的手凉得像块冰。“你到底怎么了？”我说，“着凉了还是……”

“别说话！”

他的声音很严厉，不知为什么，我的眼泪一下子要掉下来，只能拼命撑大眼睛。然后我忽然意识到，这是我和秀泽第一次触碰到彼此。一直以来，我都觉得我和秀泽的关系不同旁人，彼此间至少存在着某种关怀，可是居然现在才第一次握手，最初的一刻，心里满满涌上不真实的感觉。

秀泽一动不动地握着我的手，但无论我怎样想将全身的热气都凝聚到被他握着的那只手上，怎样竭尽全力地想让他变得暖和起来，他的那只手却始终是冰凉的，仿佛他手的区域是一个吸收温暖的黑洞，那种感觉让人绝望。然而即使是绝望，我也没有放开他的手。我知道我会失去秀泽，某年，某月，某天，但不会是现在。现在，我们的手紧握在一起，不管是出于什么原因，不管“现在”这一刻其实是多么短暂，我们用这种方式交换着彼此的温度，确认着彼此的存在，至少，是我以这种方式确认着秀泽的存在，这种感觉令人快慰又悲伤。

最后秀泽松开了我的手。

他没有邀请我和他一起下楼，也没有问我“要不要去看电影”。他过于用力地站起了身，差点撞翻了椅子，一言不发，跌跌撞撞地下了楼。

随着他身影的消失，我的全身也一点一点变得冰冷。在空无一人的咖啡馆里，我一扇一扇关上了窗子。Finestra、Finestra、Finestra，我一遍又一遍低声念道。在这样毫无意义的重复中，连原本确定存在的窗子，也带上了虚无的感觉。

我知道，秀泽并不爱我。

所以，我一定也不能爱上他，绝对是这样。

3

那段时间学校里还发生了一件大事，一个大四男生因为“毛泽东思想概论”最后一次重修没过，拿不到毕业证，从科技楼跳下来自杀了。

那个男生不是我们学院的，不过，因为一起上过公共课，所以我对他有一点模糊的印象。他很特别，这是一种温和的说法。事实上，他在这所学校里就像个异类，别人都穿着入时，话里话外都是道琼斯指数，他偏偏组织了一个叫做“人文学社”的社团，穿着一身旧咔叽布做的中山装，背着军绿色的“为人民服务”斜挎包，在校园里风风火火地穿行，好像总在急急忙忙地追逐着什么。

那个“人文学社”据说在鼎盛时期也只有六个社员，并且，偏偏是“人文学社”的社长没有过属于文科的“毛泽东思想概论”，这一事实，想必对该社团存在的合理性又是一个沉重的打击。

“学校算是栽在这哥们手里了，”我不止一次听见有人这么说，“那天教育部正好下来抽查，哥们算好了日子跳的，校长被司长叫去训话，出来的时候都瘦了一圈。”

大家似乎都觉得，这件事学校没有任何责任，因为那个跳楼的男生原本精神就有问题。

这样的想法也不无道理。

接下来的马哲我一堂课都不敢缺了，因为重修考试的日子马上就到，那个教马哲的女老师最喜欢出其不意地划重点，事前绝对不露一点口风，这就是她保证出勤率的唯一方式。

而且我知道，她一直看我不顺眼。

在最后一节马哲课上，为了让她尽可能少注意到我，我起了个大早，占到了教室里最后一排的位置。

上课铃打响，马哲女老师准时出现在讲台上，双手交握，足足有一分钟的时间没有说话。

我心里“咯噔”一下，这可是个不祥之兆。

“你们不要以为，出了这样一件事，我就会放手让你们全过。”果然，她目光炯炯地扫视教室里所有人，最后还是准确地停留在我身上，“为了这么一点小事就自杀的人，根本不值得同情！”

她说这样的话当然不是针对我。可是，当时的我却好像被邪火烧着了一样，“刷”的站了起来，把桌上的马哲课本“啪”的扔到了地上，昂首阔步地穿过整个阶梯教室，离开时还重重地摔上了门。

这样一来马哲肯定是过不了了，想想还挺后悔。我并非有什么高于旁人的正义感，只是对老师那种故作正义的姿态，还有教室里那意味深长的沉默，有种说不清的厌倦，说不清的厌恶。也许那种厌倦和厌恶是针对我自己的，也许，我不满的只是自己的无所适从，却又矫情地摆出了一副与众不同的姿态。

这件事我也跟秀泽提过，当时他皱着眉头问我：“你为什么？”

“不为什么……”

其实我也想过，或许是出于虚荣心，如果他问起，怎么跟他解释我那样做的理由。

或许可以这么说：

“当人们提到‘同情心’这个词时，常常加一个形容词‘廉价的’。可是，正因为同情心是如此廉价，如果对死者连这一点同情都无法给予，那我们的人生中，还有什么拿得出手的东西呢？”

但在总是一副淡然表情的秀泽面前，这个理由简直冠冕堂皇得可笑。

两个星期以后，马哲补考的成绩下来，我果然红灯高挂——意料之中。

我没有放弃毕业证一走了之的魄力，也没有从某栋楼上一跃而下的勇气，只能申请延期毕业。一个星期里，我拿着申请表在学校里的几栋楼里盖章，第一次知道原来学校里有这么多部门，有那么多长着扑克脸的行政人员。一切手续办完之后，毕业生离校的时间也已经到了。而我没有找到工作，积攒下来的一点钱又都交了延期毕业的学费，生平第一次，落入了一贫如洗的境地。

离校前的最后一件事，是去“站点”咖啡馆辞职。

毕业之后的学生就不会继续在店里打工，这是一条约定俗成的规定。因为我们是有名的商科学校，学生大都不愁去向，很多人一毕业就进了外企或者大型事务所。像我这样临到毕业都没找到工作的人，可以说是绝无仅有。

店长爽快地给我结清了最后一个月的工资。我握着薄薄的一沓纸币，忽然真切地感觉到，今后的自己要靠着这一点点钱独自谋生，心里忽然泛起一阵恐慌。

“以后有时间来坐坐，给你免单。”店长说，那态度明显是在送客。

“嗯，嗯。”我答道，有些心不在焉。

“那个人今天没来哦。”见我没有走的意思，店长用种顺便的口气提醒我。

“哪个人呀?”我装糊涂地问，然后，转身一下拉开了玻璃门。

因为我其实早已决定，不会和秀泽告别。

我们没有留过电话，没有交换过任何联络方式，这个咖啡馆就是我们在这个世界上唯一的连接点，只要一个人率先离开，就是彻彻底底的消失。

当天下午，我就给阿蓝打了电话，约她出来喝咖啡，当然是在另一家店。再过了一天，阿蓝居然主动联系了我，发给了我她家的地址。

我可怜的一点衣服和书，再加上一台笔记本电脑，放进一只箱子里还有空荡荡的感觉。把宿舍的钥匙交到宿管大妈的手里，拖着箱子在校门口拦了辆出租车，我跟司机说了地址，他皱了皱眉，评价道:“那地方可不好走。”

阿蓝住在一个很奇怪的地方，是在二环内的一处大杂院里，屋主是个老北京，自己在别处有房，这处房产只等着拆迁，因此租金开得也不贵。那是一处带厨房和独立卫浴的小开间，我承担房租的一半，每个月只要六百块钱，目前来说，这是我最好的选择。

我到的时候，阿蓝没有在家等我，而是发了条短信，说她把钥匙放在了窗台上的花盆里。于是我把手伸进那团枯死的植物底下，好半天才摸到那把钥匙，打开了门。

原本以为自己会看到一个混乱不堪的空间，我却惊讶地发现，那房间干净得像座公墓。除了一只巨大的衣柜和一张单人床，几乎没什么家具，简单的化妆品整齐地摆在洗脸台上，灰色的水泥地砖被擦得锃亮锃亮，简直有点发蓝了。

我打开了衣柜，首先映入眼帘的，是一件大得不像话的衬衣，我看着眼熟，过了好一会才想起来，那是景泰的衣服。

除了几件衬衫、几条牛仔裤之外，柜子里什么都没有。那种空旷而饥饿的架势，就好像要把放入其中的任何东西都一口吞噬进去。

这就是我新的人生要开始的地方，从孩子到成人的四年缓冲期已经毫不留情地结束。再也不能无所事事，再也不能得过且过，而是必须“对你自己的人生负责”。而我又落到了这么一个诡异的地方，摊上了一个性格怪异的室友，不用细想就知道前途险恶。

我把箱子随便扔在地上，顺势在旁边坐下。很想哭，又觉得没有什么必要；觉得地上很冷，但又懒得站起身，就那样一直坐到了天黑。

4

和阿蓝住在一起以后我发现，“真可怜啊”这句话，其实是阿蓝的口头禅。

也就是说，她并非那么敏感或者居高临下，而只是纯粹的漫不经心罢了。

比如，她也完全可能用一模一样的口气对一只破裂的避孕套说“真可怜啊”，但如果因此就认为她对避孕套的遭遇有什么同情或者感慨，那就太荒谬了。

比如说，她会这么评价我：“读了四年大学，连毕业证都没拿到，真可怜啊。”

对她的这句话我连笑一笑的心情都没有，更别说生气了。

除了这个怪异的口头禅，阿蓝是个不错的室友。因为她对我做的任何事情都一点不关心。我新买的单人床占去了卧室一半的空间，她也只是侧着身子走过，从来不会抱怨。而且，她几乎病态地爱干净，一有空就会把屋子里的角角落落擦个遍，明明我们都不做饭，她却还是每星期用“威猛先生”擦一次炉灶和抽油烟机，浴室里的瓷砖墙被她擦得能当镜子照。

她抽烟，但从来都不乱弹烟灰，这一点确实让我欣赏。

那段时间，我努力地尝试在没有毕业证的情况下，找一份有收入的工作。去大公司或者事务所，这样的好事我想都没想过，但再去咖啡馆打工也确实不像话，最后，我在一家便利店里当上了收银员。

虽然是收银员，但其实是作为未来的店长培养的，半年以后就可以离开收银台，管理存货，做报表，工资也比普通的收银员要高。

据说这是这间连锁便利店新近实施的员工提升计划。

那份没有到手的学历，对我的人生究竟还是起到了一点作用。

阿蓝也在打工，好像是在一家小公司做前台，她的工作时间比我短，也轻松得多。经常是我站了一天、腰酸背疼地回到小屋，她已经换上了睡衣，躺在床上看书。她总是在看书，看完一本就换一本，但屋子里却一本书也没有，就好像她在某个地方拥有一座秘密的图书馆。

阿蓝问我借书的时候，我吃了一惊。

“我想看你那本《德国悲剧的起源》。”她镇定地说，“我听说过，挺有名的不是吗?”

“可是那本书……”

那本书是秀泽落在咖啡馆里的。那天晚上，在他松开我的手不告而别之后，我捡起了他掉在地上的书。这种行为算不上盗窃，但也谈不上多么光明正大。离开学校的时候收拾行李，我犹豫了好久，最后还是把那本书装进了箱子。

但那是一本很枯燥的书，我根本看不下去。去网上查，原来书的作者本雅明曾用这篇论文去争取一个普通大学的授课资格，结果被拒绝了。

因为学位委员会的人说，那篇论文他们一个字都看不懂。

我不知道阿蓝是从哪儿听说的这本书，又是如何得出它“挺有名”的结论。但我还是把书借给了她。我不喜欢保留纪念品，这本书也许是唯一的例外。保留的原因，恰恰是因为它根本无法纪念任何东西。

我原以为阿蓝会看不下去很快把书还给我，谁知道她看得很认真。有时我经过她床边的时候下意识地瞟一眼，就见她端着那本书，两根手指捻起一张纸，随时准备翻开下一页。

和秀泽不一样，阿蓝看书的时候总显出一副紧张的样子。无论她手里拿的是什么书，是色情杂志《阁楼》还是《德国悲剧的起源》，她那副郑重其事的姿态，都好像在窥探能让人类延续种族的秘密。一个小公司的前台不需要看什么书，阿蓝也没有任何进修的打算，她这样如痴如狂地看书，应该没什么目的，只是为了打发时间罢了。

这一点，总让我想起秀泽。

也许是因为，她和秀泽一样冷淡，寡言少语，甚至有点不苟言笑。

不过，有天早晨我醒来的时候，发现阿蓝对着梳妆台化妆，一边还哼着歌，看上去心情不错。

“要去约会吗?”我迷迷糊糊地问。

“没错。”

那天正好也是我的休息日，所以我磨磨蹭蹭地起床洗漱之后，借阿蓝的梳子梳了头，想想天气也冷了，便从箱子里翻出了自己的风衣和羊毛围巾。

冬天的衣服还放在妈妈家里，一般我都是暑假的时候去拿，今年却得叫她给我寄过来，想到要告诉她现在的地址，我感到一阵烦躁。

阿蓝在一旁冷眼旁观我的动作，忽然开口说：“我给你介绍个男朋友吧。”

“好啊，什么时候?”我随随便便地一口应承，是因为根本没当真。

“就是今天。”阿蓝一本正经地说。

接着，她便用那种惯常无所谓的态度告诉我，她现在的男朋友有个好朋友，因为失恋总是闷闷不乐，所以，她男朋友想组织个四人聚会，介绍女孩给他认识。

她居然就这样直截了当地说出了事情的始末，摆明了就是一副“你只是去助兴，什么也别期待”的姿态。

但就是她的这种态度，反而让我觉得没什么负担。因为我也没想认真地找男朋友，要是对方煞有介事地告诉我，“这是一个很好的男孩你一定要把握住”，我反而会坚决拒绝。

“去一趟也不会有什么损失。”见我还有一点犹豫，阿蓝接着说，“而且可以好好地吃一顿。三里屯有家很好的牛排馆，我们就去那里。”

于是我答应了。答应的原因当然不是因为想吃一顿，而是最近的自己过得很无聊。

便利店的工作非常枯燥。一起收银的同事，每天送货的大叔，流理台里做三明治和盒饭的大妈，虽然人都不算坏，但都乏味得一塌糊涂。喜欢问我为什么没有男朋友，除此之外就对我没有任何兴趣。再加上我一进店就比他们工资要高出一截，他们虽然嘴上不说，但心里肯定不舒服。有时候他们约着下班一起去吃东西时会故意避开我，我虽然发现了，也只好装作不知情。

在这样一种氛围里，唯一对我和颜悦色、照顾有加的人，就只有店长。他是一个四十多岁的老男人，喜欢开年轻女孩子们的玩笑。有事没事，他喜欢叫我去他办公室倒个水、收拾个桌子什么的，就算我已经老老实实地扣好了衬衣的每一颗纽扣，他也会盯着我的胸部看个不停。

自从他有一次借打开水之机摸了我的手之后，我就在心里管他叫“色店长”。

既然决定和阿蓝一起去吃饭，我便换上了自己最喜欢的一条连衣裙，还修了眉毛。犹豫了一下终于没化妆，只是随便吃顿饭，我不想搞得太隆重了。

阿蓝穿上了她的蓝色衬衫，外面胡乱罩了件涤纶质地的风衣外套。

我们招了辆出租车去三里屯，这一次，她倒是爽快地付了打车的钱。走进餐厅的时候，阿蓝的男朋友已经等在那里了。看见我们进去，他有点反应过度地举手跟我们打招呼。

“嗨!”

阿蓝没有什么表情，领着我在他对面坐下。要不是她先说过这是她男朋友，我简直会认为他们只是萍水相逢的陌生人而已。

“我叫吕凯。”阿蓝的男朋友友善地看着我，“你们来得真准时，我朋友还没到呢。他好像有点事，叫我们别等他。”

“吕凯在我们公司当销售经理。”

“不是销售经理，是华东地区销售总监。”吕凯苦笑着，“每次听她这么介绍我，我都觉得自己是个卖保险的。”

“不是差不多吗。”阿蓝板着脸说。

气氛多少有点尴尬，我有些不满，明明是阿蓝提议来吃饭，她自己却偏偏摆出了一副兴味索然的模样。不过，吕凯是个不错的人，在这种情况下仍旧努力地谈笑风生。

“这间餐馆的牛排很不错的。”他说，“第一次还是阿蓝带我来的，后来我带客户都来这边。”

“我要五分熟的波尔多T骨牛排。”阿蓝插嘴道，好像是为了打断他的寒暄。然后她又转头问我：“你吃什么？”

我看了一眼菜单。

“我就要跟你一样好了。”

“前菜、酒呢？”吕凯殷勤地问。但是，菜单上的价格确实让我无法表现自如。这不是在随便什么馆子——比方说豪尚豪里吃个什么顶级T骨牛排——可以干脆地要上一份可乐……我感到局促，同时也恨自己居然这么局促：这表示，这顿饭的价钱，是超出我生活范围的东西。

而阿蓝的身上就没有一点这种局促，如果能像她一样该多好啊，我第一次由衷地这么想。那个失恋的朋友一直没到，我一边小口地喝着矿泉水，一边听吕凯和阿蓝闲聊，讨论起公司的年中旅行去哪里比较好。吕凯待人很周到，大概是做销售的天性，即使在我完全插不上嘴的话题里，他也注意地看着我的反应，或者对我解释一两句。我忽然觉得，他有点像一个人。

他像景泰。无论是那种温厚沉着的个性，还是周到体贴的笑容，竭力讨好每一个人的愿望，都惊人地相似。

“他人不错”，我的脑子里忽然掠过阿蓝对景泰的评价。再看阿蓝，她始终是一副淡然的模样，认真地吃着她盘子里的白扁豆，对谈话反而心不在焉。

牛排端上来的时候，吕凯的电话响了。

他接起来，很快地说了几句就挂掉，然后转头对我说：“我朋友说很抱歉，他刚车子被蹭在处理，估计是赶不上吃饭了，不过他会过来和我们一起坐一坐。我早说了，在北京的路上开什么玛莎拉蒂，他不听。”

玛莎拉蒂！这可是个传说中的名词。

原来是有钱人啊，难怪架子这么大。

主菜吃完，吕凯又热情地怂恿我们要餐后甜点。“这里的布丁是很有名的。”他说，“芒果、草莓和蓝莓，你们自己选。”

其实我已经吃得很撑，连衣裙的腰都快爆开了。这种情形下再吃甜点，简直像在和谁赌气。自己到底在干什么呢？难道还对这样的事情有所期待不成？

草莓布丁端上来的时候，那位车子被蹭和失恋的老兄，终于出现在了桌子的一端。

他坐下来的第一件事就是叫来服务员，把单给买了。

果然是有钱人的派头。我带点好奇地打量着他，他长得不错，鼻梁很高，但是戴着副眼镜，给人一种闷闷不乐的感觉。

也许是因为刚失恋不久的缘故吧！

“这是我的好朋友章之凡。”

“立早章。”那人闷闷不乐地补充了一句。

“我和小章是在大学里认识的。”吕凯接着说，“不过不是一个系。我是学电子工程的，他是学……”

“高分子材料。”

他虎着脸说出这个词，就好像那些材料欠他一百万似的。

“迁美是经贸大学的。”阿蓝淡淡地说。

吕凯露出一副“很巧”的表情：“真的？我老婆也是……”

我一下怔住了。

我没想到阿蓝在和有妇之夫交往。这件事情跟随便交男朋友不一样，就当时的我而言，这触及到了我的底线。

我大惊失色的神情一定是太过明显，吕凯马上意识到自己说错了话。

我猜他一定叮嘱过阿蓝，对外人要说他们只是普通朋友。但阿蓝对我说“我男朋友”的时候并不是恶意，也不是炫耀，她只是觉得事实如此，就随便说出了口。

对面的高分子材料男做出一副事不关己的神情，好像他根本就不在这里。

过了半响，祸从口出的吕凯试图缓和气氛。

“小章，这里的牛排真的很不错，你不来点？”

被问的人坚定地摇了摇头。

“说到牛排，你们知道要做好的牛排，最关键的步骤是什么吗？”

“是什么？”

“就是先买到好牛排啊，哈哈哈哈哈……”

对这样的笑话，有人笑得出来才是怪事。我用力地把勺子插进布丁，红色的草莓酱一下从奶油冻底下涌了出来。

“我也来讲个笑话吧。”我说，“有一天，小明和西瓜、草莓、番茄一起逛街。一辆车撞到了西瓜，小明说：‘哈哈，西瓜汁！’一辆车撞到了番茄，小明说：‘哈哈，番茄酱！’然后一辆车撞到了小明，草莓说：‘哈哈哈哈，人渣！’”

“哈哈哈哈！”

“人渣”两个字话音刚落，就有人放肆地笑了起来。

是阿蓝，不知为什么，她笑得非常大声。我扭过头看，发现她居然笑得眼泪都出来了，还抬起手用力地揉着眼角。

这样一来，谁都没办法在餐桌边再坐下去了。吕凯掩饰着尴尬起身，阿蓝也停住了笑站起来。

“吕凯，让你朋友送迁美回去吧。”四个人一起走到门口的时候，阿蓝忽然说。

我还没有答话，阿蓝就使劲拖了一下吕凯，一下子就走出去了几米远。

这个过程里，章之凡并没有表示反对。我也就一声不吭地跟着他往停车的地方走，正在想着自己生平第一次可以见到活的玛莎拉蒂呢，谁知道他忽然停住了脚步，恶声恶气地问：“你跟着我干嘛？”

我一下愣住了。

“我不会送你的，你请自便！”

他毫不掩饰口气中的厌恶，说完这句话也没有走开，而是盯着我的脸，一字一句地继续说：“你们这种女孩，根本一钱不值。又不缺胳膊少腿，却不想好好工作，整天只想着勾搭有钱的男人，不劳而获！”

我瞠目结舌地看着他。他的话就像一记冷拳，“嘭”的一下，把我打蒙了。

更重要的问题是，我好像没办法反驳他的话，因为自己确实是这样，好不容易考上了名牌大学，却满不在乎地混了四年，到最后连毕业证都没拿到，现在也没有份像样的工作。而且现在，我的确正在和一个有钱的年轻男人单独相处，想让他送我回家。

虽然这一切并不是我要求的，但刚才的那顿饭毕竟是他买的单。

所以，“有钱了不起啊！”这样有骨气的话，我说不出口。

这么晕头转向地站了几秒钟，我只能深吸了一口气，转身就走。

身上没有足够的打车钱，只能坐地铁回家。走了不知道有多远，才看见了朝阳门地铁口。我没有哭，只是心里堵得难受。明明应该换乘却不想下车，就在二号线上坐了一圈又一圈。

到家的时候，屋子里亮着灯。阿蓝已经回来了。

她床边堆着好几个巨大的购物袋，里面塞得满满的，看上去都不是便宜货，但她随随便便把东西扔在地上，一条雪纺的花裙子从袋子里露出来，简直像块抹布。

“阿蓝，你是不是花那人的钱了？”我忍不住问，“这都是他给你买的？”

“当然啊。”阿蓝冷淡地说，“有什么问题吗？”

“为什么要这么做？”

“跟你有什么关系？”

“你不要脸！”我大喊了一句，眼泪哗地就迸了出来。透过泪水，我用力而愤恨地死盯着阿蓝的脸。

阿蓝猛地一下从床上坐起来。

"你再说一遍?"

我不想再说一遍了。我冷得全身发抖，还感到一阵恶心。阿蓝的眼光里有种让人接受不了的东西，这是她第一次用这样的眼光看着我，让我感到一阵心痛。

"你过这样的生活觉得开心吗?"我抽噎着说，不知自己为什么伤心成这样，"不劳而获，总是这么毫不在乎地抢别人的东西?"

阿蓝什么也没说，低头开始穿鞋子。那是一双系带的长靴，看上去非常昂贵，她慢吞吞地系着鞋带，仔仔细细地调整着绳结的大小，好像那是世界上最重要的事。

空气重得像块铅，让人窒息。就在我撑不住，几乎想要开口说"对不起"的时候，阿蓝忽然直起了身。

"我可没抢过你的东西。"她冷冷地抛下这么一句，从购物袋里扯出一件大外套披上，就走了出去，出去的时候还"嘭"地用力关上了门。

5

第二天我很早就醒了，看看旁边的床，阿蓝不在那里。

她居然一夜未归。我有些担心，又马上对自己说"那种人死不了"。我走进浴室洗漱，却在牙刷插进嘴里的一刻，"哗"的一声吐了出来。

生病了当然不能去上班，我理直气壮，打电话去店里请假。

电话接通以后，色店长听了我的请假理由，第一句话居然问我："你真的病了？"

"真的病了，刚才吐了一水池。"

"迁美，不是我故意为难你。"色店长在那边叹气，"今天店里特别忙。你以后请假至少要提前一天，我才能做计划。"

"可我又不能计划着生病。"我顶回去。我又不是在装病！

"真生病的话，你明天拿医院的证明来吧！"

色店长好像有些生气，这么吼了一句就挂了电话。

他心里已经一口咬定我是在装病了，再争辩也没意思。而且我也懒得去医院开什么证明，装病逃班又不是死罪，背个黑锅也不会死人。

如果现在就开始为明天怎么应付店长而苦恼，那么不去上班这件事就失去了意义。

秋天的白色阳光还残存着最后一丝热度，我穿上毛衣，围好围巾，决定去学校里走走，搞不好还能去听一节马哲课。坐车到了校门口，却又犹豫起来，当我注意到自己的脚步不知不觉转换了方向时，双手已经推开了"站点"的玻璃门。

还没到午饭时间，店里的人稀稀落落的，店长正在吧台里准备着今日特餐的小黑板。他低着头，用一根绿色的粉笔描着毫无用处的边框，神态如同画教堂穹顶的米开朗琪罗一般专注。

我忽然不知道应该怎么跟他打招呼。

真正到了社会上以后，我才发自内心地感觉到，这位店长是个好人。虽然经营无方，咖啡味道也不够好，卖的披萨更是十足的难吃，但这店里有种特殊的东西。虽然他也很喜欢抱怨，什么“真受不了那些干坐一下午什么也不点的家伙”或者“下次再迟到就把你们统统开掉”，却从来没有真的采取过什么行动。

所以，虽然有时候会比正常时间晚一个小时开门，虽然有时候咖啡机坏了还会去隔壁的小超市买速溶咖啡糊弄顾客，这间咖啡馆却始终也没有倒闭。

为什么我和他就没谈过恋爱呢？

这么胡思乱想的时候，店长猛一抬头，看见了我。

“迁美啊。”他挠了挠后脑勺，“你来了。”

我点点头。

“你脸色不太好啊。”他说这句话的时候，却看也没看我的脸，“怎么，又失恋了？”

“哪有，是工作太累了。”

“什么工作？”

“收银员。”

“挺好。”

“什么意思？”

“这份工作还挺适合你的。”就好像没听出我话音里的不满，店长仍旧低头画着黑板，“像你这样满脑子只有谈恋爱的人，找得到好工作才奇怪吧。”

“我才不想谈恋爱呢。”

“哈哈。”

我觉得店长有点不自然，但没想出来是为什么。闲聊了几句觉得没什么意思，刚说出“我走了”三个字，他却“嘭”的一下把黑板顿在了吧台上，对我说：“你等等。”

“请问您这是怎么了？”我半是惊讶半是气恼，又觉得肯定发生了什么事，声音不自觉地抬高起来。

结果店长露出一副不情愿的模样：“前几天，有人找过你。”

“谁啊？”

“就是那个人嘛。”

他好像故意逗我似的，就是不说出那人的姓名。为了不让他更起劲，我的心虽然已经怦怦直跳，但还是装作漫不经心。

“是不是我的追求者啊？”我说，“可以把我的电话告诉他，没关系的，现在是单身呢。”

“虽然他的确是问我了，但我没告诉他你的电话。”

“为什么？”

“迁美，我今年好歹三十五岁了，见过的事情也不算少。”店长挂好了黑板，又开始低头擦起了吧台，虽然那上面已经干净得连苍蝇都站不住，“有些事情我还是跟你说明白比较好。”

“什么事？”

“那个男的根本不喜欢你，只是在玩弄你的感情。”他一口气说，语速变得很快，“他留了个电话，说让我见到你的时候就告诉你，但我不想告诉你，因为……”

“不用告诉我，我不会打的。”我打断他。

“那就好。”店长仿佛松了一口气，“迁美，我不是说你，你这姑娘一点心眼都没有，将来恐怕是要吃亏的。”

“我只是装纯而已，其实内心很复杂的。”

“呵呵。”店长说。我很怕他继续那样老气横秋地教训我，但是这时候，一个女生从厨房里探出头来：“店长，三明治出了点问题!”

三明治出什么问题？我有点想不通，但女孩的口气好像在说“发现了西红柿的尸体”，很惊悚的样子。

“别急别急。”店长搓搓手，露出一脸“怪蜀黍”的笑容，闪身进了厨房。

他的身影一消失，我马上屏住呼吸，伸手一下从柜台里摸出了夹便笺纸的心形小夹子。

店里的规矩就是这样，发生了什么意外事件、顾客拜托了点什么事、或者是店员之间要互相留话，都是写一张小纸条，用便笺夹“啪”地夹上，就算完事。

在那一小叠稀稀落落的纸条里，我一下子就找到了自己要找的东西。

To 迁美

庄秀泽

电话 138＊＊＊＊＊＊＊＊

这是秀泽的笔迹吗？还是店长听着秀泽报出号码，然后随手写下的呢？我慌慌张张地把那张纸抽出来，藏在手心里。

“我先走了!”

我对着空气喊了一声，就像个小偷似的，慌慌张张地推开了玻璃门。

在外面瞎逛了一天，傍晚回到住处的时候，阿蓝还是不在。

可是，那些鼓鼓囊囊的购物袋全都不见了。我正在愣神，门忽然“吱”的一声被推开，阿蓝走了进来，看见我在，说了声：“嗨!”

“嗨!”

这样打招呼，就好像我们是第一次碰面。我也不禁用打量陌生人的眼光打量着她，她穿着经常穿的一双已经洗得毛了边的帆布鞋，大冷天的，连双袜子也没穿，甩掉鞋，就躺到了床上，又拿起了那本《德国悲剧的起源》。

其实那双靴子挺好看的……我未免觉得有些可惜，可是，我又由衷地觉得，还是这双帆布鞋更适合阿蓝，就好像是她身体的一部分。

“对了，昨天晚上……”

我想问她昨晚上去了哪里，可又问不出口。因为我觉得，阿蓝的一切事情都和这个世界上的任何人无关。在我没看到的这段时间里，她好像到另外一个星球打了一转；或者莫如说，她是回到了自己出生的那个星球，洗干净了在地球上沾染的不知道什么东西，又一无所有地被抛回到了这里。

在我犹豫到底要不要跟她和好的时候，躺在床上的阿蓝忽然发出了声音。我以为她在和我说话，定神一听，原来她在唱歌。

阿蓝经常就那样，毫无所谓地哼起歌来，根本不管是什么场合。她低沉的嗓子非常动听。和平常漫不经心的模样相比，她唱歌的时候总是显得很投入，那种将全部情感倾倒进去的认真劲，好像老上海的悲情歌后。

这会儿，她唱的是一首英文歌。更准确地说，她反反复复地唱着一句英文歌词：“Hey you’ve got to hide your love away，hey you’ve got to hide your love away…”

不知道是在模仿谁，她把“嘿”那一声唱得很长，听上去油腔滑调，让人不快。

在她的歌声里，我好几次摸出那张便笺纸，又几次狠狠地把它塞回了口袋。可是，那串号码我已经背下来了。138＊＊＊＊＊＊＊＊，我的手指在键盘上滑动了半天，最终按下了“拨通”键。

电话铃声响了两次，我好像看见那个手机在幽暗的角落发出蓝光。没有秀泽的影子，即使是在回忆中，我也看不清他的面容。

冷不防，阿蓝又“嘿”了一声，我手一抖，挂掉了电话，接着马上按了关机键。

6

“收您一百，找您四十六块三毛。”

说话的时候我头也没抬，麻利地从收银机里取出零钱，扯下小票，和装满了各种提神饮料的塑料袋一起往前一推。

“谢谢，欢迎下次光临。”

但是，对方却迟迟没有把东西拿走。

我抬起头来，正对上他的眼光。我下意识地后退了一步——当然没地方可以躲。

幸亏他没有说什么，只深深地往我脸上瞅了一眼，好像要剜下去一块肉似的。

然后他拎着塑料袋走了出去。

“那人谁啊?”他的身影刚消失在门口，另一个收银女孩——不知为什么大家都叫她玛莎，就迫不及待地问我。

“不认识。”我说，“怎么了?”

“哦。”玛莎言不由衷地说，“我还以为他对你有意思呢。可惜。”

“为什么?”

“你没看见他戴了块江诗丹顿的手表?”

“水货!”我闷闷不乐地说。

“那就是认识咯?”玛莎获取信息的方式与众不同，“你没兴趣的话，介绍给我好了呀。”

我赶紧说真的不认识，她满脸狐疑的神色，就好像我违反法律规定，把一个公共的有钱人霸占为私有资产了一样。

午休的时候，色店长把我叫进了办公室。

“迁美，你昨天是怎么了?”他笑眯眯地问，“假条开了吗?”

“没什么大病，休息了一天就好了，所以没去医院。”

“月经吗?”

“不是!”我说，“怎么，如果来月经，就不要假条了是吗?”

他尴尬的样子让我感到一阵痛快，又加了一句："那下次来月经的时候我跟您请假吧。"便走出了办公室。

因为上的是早班，我下午六点的时候就可以走了。本想从店里带走一份三明治，但看到流理台大妈那张半死不活的脸，还是作罢。

走到店门外，想着去哪吃一顿便宜的晚饭，冷不防一辆车子在我身边响了一下喇叭，吓了我一跳。

我定定神，继续往前走，结果那车子喇叭又响了一下。

我停下脚步。车子里一点动静都没有，我盯着深灰色的车窗，恨不得把它看出一个洞来。我知道做出这种事来的人是谁，因为这么怠慢人、捉弄人就是他独特的风格。但这一次，我不想像前天一样丢人地逃走。

过了好半天，其实也可能没过多久，车窗嗡嗡地降下来了。

"看什么呢?"章之凡的脸出现了，一脸无辜的表情跟我打招呼。

"玛莎拉蒂。"我说，"也没什么特别的嘛，看上去。"

"这是丰田。谁开玛莎拉蒂上班啊?"他看上去很不满，"你懂不懂车?"

"不懂。"

"那你懂什么?"

"懂一点人渣学。"

他好像愣了一下，然后，头往后一仰，哈哈哈地大笑起来。

简直比阿蓝当时笑得还夸张。

我在这神经病的笑声中继续往前走，他在车窗里面喊："你去哪儿?"

"回家啊。"

"我送你吧!"

他这么一说，我干脆往公交车站跑了起来。

又是一声喇叭。这一下按得挺长，一个路人受不了了，大喊了一声："神经病啊!"

"我叫我女朋友上车关你屁事啊!"他也对着路人吼。那人吓了一跳，我还以为要扑上去打他，结果却是猛蹬了几下单车，像根箭似的飚远了。

他带着一副胜利者的姿态："怎么，女朋友，上不上车?"

"谁是你女朋友啊!"

我以为他还要接着油嘴滑舌，没想到他却沉下声音，对我说："对不起。"

我愣住了。

别人说"对不起"，我就会说"没关系"，这简直跟"How are you?"的固定回答一样，是写进我基因的东西。

"对不起。"他又重复了一遍，"昨天真的是我错了，后来我反应过来了，你不是那种女孩子。"

我是哪种女孩子?反正，也莫名其妙地坐上了他的车。他说请我吃饭，我以为要去什么高档场所，结果却开到了一个路边摊。

"今天扇贝不错，尝尝。"老板对他很热情，看来他是这里的常客。

“请你吃地沟油烤串，挺香的。”他面无表情地对我说。

面对这样的公开挑衅，老板也只是“呵呵呵”，就好像把他那几句话当成了真心实意的夸奖。

我们找了张稍微干净的桌子坐下来，他点了扇贝、羊肉和烤馒头片，我点了烤花菜。

“来点啤酒？”他问。

我点点头。

啤酒上来了，他叫老板全部打开，先给自己倒了满满的一杯，皱着眉头一饮而尽。

谁都能看得出来他心情不好。但他这样的人，当他心情不好的时候，一定有数不清的人变着法子逗他开心吧。阿蓝和吕凯不就是吗？还特意把我弄过去……这么一想，我连话也懒得跟他说了，端起酒杯小口地啜着啤酒。

“你没什么想问我的吗？”他忽然说，“比方说我是做什么工作的，月收入多少，有几套房，有没有北京户口。”

“你不是富二代吗。”我意兴阑珊地说，“你跑到我们店里干什么？你住附近吗？”

“我在你们店里买过几百次东西了，就最近没怎么去。”他有些不自然地摸了一下鼻子，有人说，这个动作就反映出说话的人准备撒谎，“我就在你们楼上的五州出版社上班。”

哈。

“你不是学高分子材料的吗？”

“那你不还是经贸大学的吗？”

我噎住了。

“是这样的，我在英国念了一年硕士，完了我爸妈托人给我找了这个工作，工资一个月三千，但有编制，解决户口，反正我也不缺钱，就在这待着了。”

“你哪儿人?”

“哈尔滨人。你呢?”

“南京。”

“你爸妈都是干什么的?”

虽然有点不乐意，但我还是回答道：“我妈妈是医生。”看他眼睛一动的模样，我赶紧补充，“不是那种名医，就急救科的医生，钱很少也很辛苦的。”

“那没关系，反正都是医生。”他说。自从宣布自己是哈尔滨人以后，他说话就带上了一丝哈尔滨口音，之前，我可是一点都没听出来。那时候我还不知道，他其实非常严格地训练过自己，讲话的时候绝对不带上任何东北口音——至少在他注意的时候不会。在他注意的时候，他会具有一种贵公子的派头：对什么都很冷漠、很看不上，就跟三十岁以后的谢霆锋似的。外人对他的第一感觉会是这样，甚至他性格里的某一部分也确实如此。而我呢，习惯了根据自己的第一印象判断人，如果没发生什么特殊的事情，绝对不会想到，有些人会对不同的人呈现出完全不同的面孔。

这些都是以后的事了。

当时我只觉得有些怪怪的，为他那种评价的口气。我妈是医生又关他什么事?

幸亏他没继续追问我爸是干什么的。少顷，他用一种更严肃的口吻问道："你怎么跟阿蓝那种人混到一起的？"

"她怎么了？我怎么混了？"

"你们不是一个阶层。"他简单地说。

"怎么不一个阶层了？我们都在社会的最底层。"我有些光火。我晚上还要回去复习马哲呢，实在没有心思跟一个行为乖张的富二代吃着地沟油烤串，讨论什么阶层的问题。

"阿蓝是底层，你不是。"章之凡说，"你的大学是211，你从小生活在大城市，你妈妈是医生。你和我的阶层是一样的，这个跟钱没太大关系。"

"请你千万不要抬举我了。"

"是真的。而且你是个好女孩。"

"你够了哦！"我终于嚷了出来，"你这种人有什么资格一下讲别人是好女孩，一下讲别人是一钱不值的女孩？我看阿蓝再差也比你好一百倍！"

"你还在记仇吗？我跟你说过对不起了啊！"

"这跟记仇有什么关系？你完全在胡说八道啊！"我气得拍了一下桌子。老板赶紧跑过来："还要点别的什么吗？"章之凡倒是笑了："你别激动。"

"我没激动。"

"你真的很容易激动。"

"那是因为你在胡说八道……"

眼看我们的谈话就要进入你来我往的垃圾时间。这时他提醒我："你手机响了。"

一个没有名字的号码。然而因为反反复复按下又删掉，已经忘也忘不掉了。

"你怎么不接?"他看了我一眼，"是你男朋友?"

如果不是因为他这么说，我可能不会接这个电话的。

但也可能会接……面对那个号码，我无论怎么做都没道理，也都是可能的。

"是……是你啊。"我说。在按下接听键的那一刻，全身的血液好像一下子凝固，说话也结巴起来。

"是我。"秀泽说，"你在哪儿?"

"找我……有事吗?"

"昨天晚上，你打了电话给我。"他平淡地说。

听到这句话，我忽然间如释重负。

原来是因为我给他打了，所以他才打过来的。并不是因为想念，并不是任何特殊的理由。

可我仍然觉得感动。不知道为什么，秀泽做的任何事都会让我感动。他放在膝盖上一动不动的双手，他盯着书本的模样，他吃下的无数冰冷的三明治……秀泽不属于任何阶层，无论他父母是谁，户口在哪里，做什么工作。因为，对这个世界，他是那样冷淡，那样一无所求。

"你能来我这一趟吗?"

他告诉了我地址，就把电话挂断了。我把手机往包里一塞，猛地站了起来。"你要走吗?"章之凡好像有些意外，但我根本没心思管他的反应，从钱包里摸出一张一百放桌上，说了句“我的饭钱”，就冲到路边拦下了一辆出租车。

7

秀泽在楼下等着我。

一看到他的身影，我的脸忽然火烧火燎地发起烫来。他绕到出租车的另一侧，问司机：“多少钱?”我说：“四十。”他看了我一眼，又看了一眼计价器确认了一下，然后从钱包里拿出了四张十块。

刚才为了跟章之凡 AA 饭钱，没注意到自己的钱包里只剩最后一张一百了。

秀泽领着我上楼的时候也没说什么，我也拼命忍住要跟他解释，为什么我身上带着酒味，为什么连打出租车的钱都没有。因为我知道他不会关心这些事。“电梯坏了。”他对我说。我们一直爬到了十八楼。

在楼梯间的时候，我就很想上厕所。刚才吃过的烤串，在出租车里一颠簸，肚子里直接翻江倒海。一路上秀泽没说话，我也只是默默地数着步子，一直在想“如果能憋住就憋住”。

如果让我在秀泽家上厕所那简直比杀了我还难堪。

但是，秀泽一打开门，我还是直接冲进了洗手间。

“你别踩到狗。”秀泽在外面喊。

狗？我吓了一跳。我倒是不怕狗，只是没想到秀泽居然养了狗。狗在哪里呢？我坐在马桶上四处张望。没有生物的痕迹，只看见墙角堆着一堆毛巾，里面似乎有什么东西在微微地动。那是狗？

确实是狗。

是一只看不出什么品种的小狗，灰扑扑的颜色，可怜巴巴地趴在那一堆毛巾的中间。再定睛看，它的身体下面还草率地堆着很多卫生纸，上面有些黏糊糊的呕吐物，看上去让人恶心。

我伸手到它的身子底下，一下就把它抱了起来。它在我的臂弯里发出“呜呜”的低鸣，温热的身体在微微颤抖。

走到客厅的时候，秀泽用一种几乎是嫌弃的眼神看着我。

“别去抱它。”他说，“它生病了。”

“什么病？”

“我不知道，不是我的狗。”

“那怎么……”

“前两天我出去散步，它不知道从哪里跑出来，一路都跟着我。”秀泽不耐烦地打断我的问话，“一直跟着我到了楼上，还进了屋。又不能把它丢出去，只能养着了。”

“哦。”

“今天它忽然开始吐，吐了一天，吃什么东西都吐出来。”秀泽皱着眉头说，“很讨厌。”

就像是为了验证“讨厌”这个词似的，躺在我臂弯里的小狗发出了一声好像打嗝的声音，然后，一小团粘糊糊的东西“啪”地掉到了我的衣袖上。

如果被阿蓝看见这个场景，那句“真可怜啊”肯定又会脱口而出。

“是不是吃坏了？你都给它吃什么？”

他不情不愿地回答道：“三明治里的肉。”

“听说狗不能吃人吃的东西。”我费劲地组织着脑子里关于“狗”的所有知识，因为对养狗我也一窍不通，“还有不能吃巧克力，会死。”

“我没给它吃巧克力。”

“你跟店长要过我电话？”

他好像费劲地回想了一下，然后点点头。

“找我有事吗？”

“忘了。”他想了想，又补充道，“我没有什么重要的事。”

“哦。”我忽然间若有所失。环顾四周，秀泽住的地方并不大，但家具很少，因此显得空荡荡的。客厅的一边摆着一只单人沙发，前面是一张完全不搭调的玻璃茶几，茶几上放着半瓶依云矿泉水，旁边是一只半空的杯子，还有用纸包着的、半个没吃完的三明治。

这不像一个有人长住的地方，而像一个宾馆房间，一个随时可以离开的地方。

相比之下，我怀里抱着的小狗，似乎是这屋子里唯一有温度的东西。

我低头看着它。虽然身上吐得一塌糊涂，结着白白的干痂，但它一双棕色的眼睛却很干净、很明亮。它感觉到我的目光，小小的身体忽然往后缩了缩，似乎在忍耐着自己不要再呕吐，免得被人嫌弃。

我打心眼里感激这只小狗。如果没有它，我刚才在洗手间里“咚咚咚”地拉肚子，都会羞愧得直接跳窗自杀了。

“请你送它去医院看看。”秀泽说，“小区的外面有个宠物医院，二十四小时都有人。”

“你自己不能去?”

“我不喜欢医院。”

这话如果是别人，比方说章之凡来说，我一定会顶嘴“你就是不想爬楼梯吧”。但从秀泽嘴里说出，我知道那就是真正的原因。

他没有必要，因此他永远也不会对我撒谎。

宠物医院的医生说，这狗没有得传染病，只是感冒了，还有点消化不良。

是因为躺在洗手间冰冷的瓷砖地板上，加上吃了冷冰冰的三明治吧。

医生带着点专业人士漫不经心的架势，熟练地给它灌下去了一匙药水。他喂药的时候，小狗就毫不抵抗地张开嘴，那副逆来顺受的模样简直让人生气。

“给它吃点儿童感冒药。”医生说，“照小孩的剂量吃就行了。在症状好转之前不要喂它吃冷的东西。”

“小孩的剂量是多少呢？感冒冲剂可以吗？您这有吗?”

医生忽然眯起眼睛打量我，透过他方形的眼镜框，那目光忽然有了些意味深长的味道。

“这是流浪狗吧?”医生说。他转身去了后面的一张桌子，拿出两个小包递给我，“小儿感冒灵，按说明书上两岁小孩的剂量给，冲成水喂，就不收你钱了。照顾流浪狗是挺难的，希望你能坚持下去，最重要的是，不要再次抛弃它。”

“这不是我的狗。”我有点尴尬地说，“是我一个朋友，他说他散步的时候，这条狗就一直跟着他，还跟到了他家里。”

医生再一次用种奇怪的眼神扫了我一眼。

“流浪狗会跟着人跑到房子里的情况很少见的。”他说，“它们对人有很深的戒心。”

“可能因为它感觉那个人很善良？”

“没这回事。”医生断然否认，可能还觉得我脑子有问题。

回去的路上下起了雨。我拉开风衣的拉链，把小狗裹进怀里，在漆黑的道路上急匆匆地走着。说来奇怪，从来胆小如鼠的我却不害怕走夜路，而此刻，怀中那个温暖的生命就像一种奇怪的鼓舞，让我加快了脚步。

忽然间很想唱歌，本来已经忘记的歌词，像水珠一样一颗一颗蹦了出来。

啊门啊前一棵葡萄树
啊嫩啊绿它的刚发芽
蜗牛背着那重重的壳呀
一步一步地往上爬

我爬上了十八楼。

秀泽没有关门，屋里的灯不知道什么时候也关了，只有落地窗透进来的光。我推门进去，把狗掏了出来，放在一张软点的椅子上。

“外面是下雨了吗？”秀泽在黑暗里问。

我点点头。

“你待会儿怎么走呢？你没钱打车了吧？我再给你些钱好吗？”

说完，秀泽就站起身来，在黑暗里走进里屋，不知道翻了些什么，走出来把一把东西塞进我怀里，说：“给。”

我低头一看，吓了一跳。果真是钱，感觉有一万多。我问：“你给我这么多钱干吗？”他的回答更让我吃惊。

他说：“我刚把车卖了。”

“为什么？”

“没什么，就是觉得不需要。”不知道为什么，他微微一笑。那笑容在黑暗中也分外清晰。

“我真的不要这么多钱。”

“没什么，你拿着吧。”秀泽说，接下来，他用特别平静的口气又说了一句话。

“以后就不会再见你了。”

我愣了一下。几乎没有明白这句话是什么意思，一瞬间，我在黑暗中拼命忍住眼泪。

“他根本就不喜欢你，只是在玩弄你的感情。”真的是这样吗……我绝对不相信。

“因为我要结婚了。”秀泽接着说。

我用尽全力，用干巴巴的声音接了一句："哦。"

我把秀泽给我的钱放进包里。在我就要走的时候，秀泽忽然叫了我一句。

"迁美啊。"

这是他第一次叫我的名字。这一声莫名地令人心碎。

8

"哎，那个。"

我吓了一跳。然后我才意识到，玛莎已经好几天没跟我说过话了。这种情况是从什么时候开始的呢——是了，就从章之凡跟我打招呼的那天开始。

"哎，问你个问题。"玛莎说。

当时，我们正在给冬季新品上架。这段时期，要格外清楚地记录销售情况，每天清点库存，根据销量调整摆放的位置。这些事情，老店员们不以为然："摆哪儿不都一样！"而这项工作的负责人偏偏是我，真是令我分外紧张。刚来上班的时候，我问老员工我们的库存管理是用先进先出法还是后进先出法，结果他们哄堂大笑，说这里用的是"乱进乱出法"，很久以后他们都在用这件事开玩笑，据说还传到了总部，成为了经典笑话。

我以为玛莎要问我的问题会类似于营销学原理的老师问的那种，为什么要把价格最高的商品摆在最显眼的位置之类的，而那些东西我早就忘了，因此如临大敌。谁知道，她咬了一下嘴唇，问出的问题却是：

“你知道意大利语的窗子怎么说吗？”

哈？

大概我当时的神情太吓人了，玛莎显出了一丝尴尬。但是，她还是锲而不舍地重复了一遍：“你知不知道意大利语的窗子怎么说？”

“我不知道啊！”我说，“你自己去百度一下！”

她横了我一眼：“不知道就不知道呗，你这么大声干吗？”

一整天我都躲着她走，没想到，晚上盘库的时候她忽然叫住我：“迁美！”

“什么事？”

“待会儿下班以后，一起去喝酒吧。”

我不知道该怎么拒绝她，她明显是有话要跟我讲，而且，我自己对窗子那件事，也还是有些耿耿于怀。这种事情会是巧合吗？毕竟大部分人都不会关心意大利语的窗子怎么说吧。

“去三里屯的酒吧吧，怎么样。”玛莎没等我同意，就伸手拦了一辆车。去三里屯的路上，那还不得堵得要命，出租车半小时不动窝，玛莎坐在副驾，什么表情我看不到，其实我也不关心，我只顾盯着蹭蹭往上跳数字的计价器。秀泽给我的钱我一直放在包里，但那个钱我根本不觉得可以用，因此出租车钱、酒吧钱，通通超出了我的预算。说起来，虽然秀泽跟我说“再也不见你了”，这件事却没有像预料般让我伤心欲绝，相反这段时间，充塞在我心中、令我烦恼不堪的却尽是一些鸡毛蒜皮的事：该交房租了，那这个月工资拿到手就得全部给阿蓝，之前拼命存的一点钱要花到下次发工资，所以没钱买冬衣，让妈妈把我冬衣寄过来，却不好意思告诉她地址，再说她还不知道我延期毕业的事……然后，马哲下星期就要补考了，这才是我内心深处最害怕的，虽然我不觉得马哲女老师会恨我恨到永远不让我过的地步，但是，我没有像别人建议的那样拍拍她的马屁……到底要不要买个礼物上门给她道歉呢？想到这点，我甚至晚上都睡不着觉。

当时在教室里摔门而出的勇气，根本不需要谁来扼杀，自己就消失得无影无踪。

而且，我明天是正常班啊！我怎么来跟她一个轮下午班的喝酒？

相比我的瞻前顾后，玛莎显然有种不管不顾的架势。一路上堵堵停停好不容易到了太古里，车还堵在十字路口呢，她一下就拉开门跳了下去，扔了一百块给司机说："不用找了！"

我一只脚已经跨出车外，一看计价器上才60多，赶紧跟司机说："找钱给我。"司机一怔："不是不用找了吗？"但后面的车在摁喇叭，我又坚持不下车，他只能就范。当时的气氛已经十分诡异了，玛莎明明没有喝酒，但是在走进酒吧之前，已经是一副喝醉了的样子。我应该想到她发生了些什么事，而且这事儿多半跟我有那么一点关系，可是整个人就像个木偶一样被她拉进了一间吵得要命的酒吧。

"你要喝什么？"坐在吧台前面，她贴着我的耳朵大喊。

我飞快地把水单翻到最后，找出了最便宜的一种啤酒。

“没劲！喝点烈的庆祝一下！”

“庆祝什么？”

“我要结婚了！”

在酒吧激昂的舞曲里，我浑身上下的血液一下冻住了。

不，这不可能，这绝对……难道跟秀泽结婚的人是玛莎？我呆呆地看着眼前这个女孩，我好像从来没有好好看过她，当然她长得挺漂亮，可是……这时，她忽然一下像垮掉了似的，自暴自弃地喊道：“可是，那个混蛋逃跑了！”

“什么？”

“就是章之凡那个混蛋啊！”玛莎仍旧大声喊，她的面孔在变幻的灯光下显得又悲伤又有一丝狰狞，“他跟我睡了，睡完求婚了，然后跑啦！”

这时候我真的不知道该如何反应了，这时候，忽然，我听见吧台里——没错，就是吧台里，爆发出一阵毫不收敛的笑声。

哈哈哈哈哈哈哈。那笑声我真是太过熟悉了。

那种缺乏任何同情心、只因为自己觉得好笑就笑个不停的冷酷劲儿，我至今只认识一个这样的人，那个人就是我的室友。

她怎么会在这里啊？

“我一直在这个酒吧里打工。”阿蓝一本正经地说。

“刚才就看见你了，想跟你打招呼，但看你身边跟着一个……跟着一个……”

阿蓝居然犹豫了。但是接下来，她还是毫不客气地说出了那个词。

“你身边居然带着一个傻逼。”

那个傻逼刚才猛地灌下了两杯威士忌，现在在洗手间里大吐特吐。我、阿蓝跟她一起挤在洗手间里，阿蓝撅着屁股抵住坏掉的门，我拎着玛莎的头发，免得她一头栽进马桶里去。

“你……你才是傻逼。”玛莎吐了一阵，回过气来，终于有力气骂回阿蓝。但阿蓝耸耸肩，完全不以为意。我知道，她根本不在乎玛莎说她什么。外面有人砰砰地砸起门来：“里面人死了吗？你们在生孩子还是怎么的？”我有点慌，想出去，但阿蓝什么也不说，反腿往门上用力一踹，一声巨响之后，那人反而安静了。

“你怎么在这里打工啊，不是在做公司前台吗？”我问阿蓝。

“不做了。”

“这里打工钱怎么样？”

“你怎么老是钱啊钱的，这段时间。”阿蓝显得很不耐烦，“钱还可以吧。朋友介绍我来的。”

“什么朋友啊这么厉害。”

我不经意问出这句话，问出来以后，马上就觉得自己的口气过于市侩了。阿蓝的眼睛直直地盯着我，我好不尴尬，正想岔开话题，她却出乎意料，对这个问题做出了回答。

“就那个朋友啊，你知道的。”她说，“章之凡的前女友。”

听到“章之凡”的名字，玛莎一下站起来，把我撞了个趔趄。

但阿蓝就好像没看见她似的，仍旧用那种事不关己的声音补充道：“她今晚也过来了，刚才就跟我在吧台里。你们想认识她吗？”

“不想。”

“想!”

我和玛莎几乎同时发声，而阿蓝则好像根本没看我们似的，只漠然地说了一句：“她人挺不错的。”就一下松开卫生间的门，自己走了出去。

9

我赶到店里，还没来得及换上工作服，色店长就让我去他办公室。

“店里丢东西了。”他直截了当地说。

“丢什么了？东西还是钱?”我问。

“昨晚上你们谁负责的交接班?”他没有回答我的问题，径直问道。负责交接班的是我，没错。我给收银机里留下规定的金额后，其余的钱锁进了保险柜里面。

大概有两千多块吧，我记得。大额的款项，下午班的时候已经存进银行了。

“我负责的。”我说，“到底丢了什么啊，查查监控不就行了吗。干吗搞这么神秘?”

“如果查监控就没意思了，大家都是同事。查监控是最后一步。”色店长凝重地说，“小刘什么时候来？你跟她有联系吗？她电话怎么关机了?”

我一下没反应过来，店长口中的“小刘”就是玛莎。玛莎今天的排班在下午。但是我却有一种直觉：她今天够呛能准时来了。

昨晚后来，我们都喝醉了。起因是去吧台“认识”章之凡的前女友，结果扑了个空。那个传说中的女性就跟不存在一样，阿蓝说，“她说她来这等人”，结果，玛莎就一口咬定，她等的那人是章之凡，因此她也要在这“守株待兔”。

“不是。”阿蓝斩钉截铁地说，但玛莎一点也不相信。而我呢，出于对阿蓝品性一贯的了解，不免怀疑整件事都是她凭空捏造的。也许从一开始章之凡就没有什么女朋友，也没有失恋，他只是个普通的人间猎艳、心灵脆弱、会用求婚来抵消负罪感的富二代。什么在出版社工作没准也是骗人的！阿蓝并不辩解，既然玛莎不肯走，她就一杯一杯地卖酒给我们，那些酒，有叫什么“春天”啊“田野”啊什么的，喝起来都是一样的味道。

不知道什么时候我就醉了，到后来，连是谁付的帐我都不知道。早晨醒来的时候，我躺在自己的出租屋里，但是阿蓝的床上却空无一人，伸手去摸摸，被子里也没有温度。

不过，她倒是给我留了一张纸条：

跟朋友去旅游了！再见！

纸条放在一本书的上面，契诃夫的《三姐妹》。

阿蓝什么时候换了本书看？《德国悲剧的起源》读完了？我有点好奇，翻开《三姐妹》想看个究竟，但这书真的很旧了，还没读两行，我就打起了喷嚏。

这么一来彻底醒了。在干脆跷班和去上班之间痛苦挣扎了几分钟，最后踩着棉花来到了单位。

但是，玛莎这个人有没有我这么坚强的意志，还有强烈的责任感，我觉得很难说。

她昨天到底喝了多少？有没有等到章之凡呢？

店长说，等小刘来了，让小刘去他办公室谈话。他搞得这样神秘兮兮，但其实我一走出他办公室，马上就知道发生什么事情了。原来今天早晨交接班的时候，打开保险柜，发现里面没有钱。

两千多块钱呐！一下无影无踪了。

幸好不是我的责任。交接签字以后就不归我管了。

但是……“为什么不干脆查一下监控呢？”我问。忽然我死也想不起，自己在把钱放进保险箱以后，有没有及时锁好。

“监控坏了。”一起收银的男同事简单回答我。然后，他忽然压低声音，“也不是坏了，就是被人掰一边去了。”

“什么?!”

“你小声点!”男同事教训道，“这种事情有什么大惊小怪的，大家都这样，难道你喜欢被那东西一直盯着?”

我……我的确不喜欢。

“那丢了东西怎么办呢?”

“你丢东西了吗？没有吧？看好自己的东西。”

下午的时候玛莎果然没有来。

对玛莎的缺席，店长的反应是猛打了她一百多个电话，最后说：“报警。”

但三千多块钱根本还没到立案标准。

“再等等吧，没准她出车祸了呢？”同事说。

“你们说得轻巧，那我今天去存营业额的时候，怎么跟财务交待？”

“我给她补上吧。”我说。

“你这么大方？”同事有些阴阳怪气，我低着头，去休息室打开柜子，翻出包来，拉开了最里面小兜的拉链。

钱不在。

我把包翻过来，用手把夹层也捏了一遍。但我心里却明白，这些没用，我只是在拖延时间——拖延确认“钱已经丢了”的时间。

同事探头进来，问我：“你好了没？”

过后他说，当时我一脸煞白，“就跟死了爹妈似的”。

“不能把钱还给秀泽了。再也见不到秀泽了。”我当时心里只有这个念头。

“你丢了多少钱？”色店长问我。

“一万多……”

“到立案标准了。”色店长严肃地说，“怎么样，你报警吗？”

我咬紧牙，摇了摇头。

最后色店长垫上了营业额。“她要是不回来，就用她工资来抵吧。现在暂时还是给她代个班，给她宽限几天。”

出乎意料的是，排班时为了逃避半夜班而打破头的同事们居然没有提出异议。

正当我感受到了久违的人间温暖时，重新排班的结果出来了：今天就由我来代玛莎值前半夜班。

下午交班的时候，店长找了修理工过来，把监控修好了。

“不要趴着睡觉，会被监控拍到哦！”男同事临走之前嘱咐我。

10

大概一点多的时候，我站在收银机后面，打起了盹。

十二点以前，在楼上上班的可怜白领们还会来买一些关东煮啊、咖啡啊、能量饮料什么的，但过了一点半，进店的人就很少，少到几乎没有了。

没有了一声声刺耳的“欢迎光临”，我的意识就开始模糊起来。

值后半夜班的同事就在休息室里睡觉。除非是碰上打劫，甚至就算有人打劫，我感觉他也是不会苏醒的。

苏珊娜进店的时候，现在回想起来大概是两点多的时候，有没有那声“欢迎光临”，我实在没听到。我只听到一个人用压低了的声音，对着我的耳朵凶巴巴地说：“把所有的钱都交出来！”

我努力睁大眼看着她，但还是太困了……直到她伸出手，“啪”地拍了我一下：“可以啊你！站着也能睡着！”

一上来，她就显得跟我挺熟络。她就是章之凡的前女友，她对我说，她昨天晚上就在吧台里，本来想跟我打招呼，但被玛莎吓到了。

“但是，我还是很想认识你。所以问了阿蓝你在哪里工作，就过来了。”她站在店里，笑盈盈的模样，我们店里的灯光都好像提亮了一度，一切都变得神采奕奕——在深夜两点钟。

“你们这儿好熟悉啊。我好像来过。”

“你前男友好像就在楼上上班。”我好心提醒道。

“是啊，我想起来了。”她回答道，“可惜，小章人挺不错。”

“他人挺不错？”

“嗯，挺可惜的。他除了有那么点自卑吧。”苏珊娜说，“就说他家钱不太多。但我觉得钱根本没有大家想象的那么重要啦，哎，钱根本就不重要。我交朋友从来不看钱。”说到这里，她眼睛看着天花板，思索了一番，举出了一个例子：“比方说，我和阿蓝，就是最好的朋友。”

我不知道怎么接这个话，只好问她：“你知道章之凡现在在哪儿吗？”

“怎么，你找他有事？”

“没有啦。我就觉得他还是得对我同事有个交待。”

“那个……为什么？”

这下她可把我问住了。

“为什么要给那个女的交待呢？”苏珊娜继续追问，看上去倒有几分兴致勃勃，“她不就是看上小章的钱吗？”

“你怎么知道她就是看上他的钱？”

“这种女的我见得多了，口口声声说爱什么的，但如果小章没钱试试看？”

“那照你这么说，如果你们小章没钱，就根本不会有女孩看上他咯?”我说，“那他还是努力找一个看上他钱的女孩吧，不然他也太惨了。”

“怎么会呢？他人挺不错的。”

那一瞬间，我感到我自己在跟一个八岁小孩讲话。这个女孩，身高一米六八左右，名叫“苏珊娜”，一看就留过洋，但她的智商，我真真切切地感到只有八岁左右。然后，她果然像个小学生一样，每样关东煮、包子、炸鸡都要了一份，在店里的餐桌前坐了下来。

那个时间段的便利店，给人一种什么感觉呢？准确地说，是“这一时刻，什么都有可能发生”。

“欢迎光临!”门铃又这么响了一声。

我定神一看，不得了!

来的人是章之凡。

自从那次在烧烤摊道别之后，我就没再见过他。算起来不过几天时间，但他整个人好像都变样了。头发，好像长长了，脸的大部分盖上了厚厚的一层胡子。

“哼。你。”看到我之后，他这么跟我打招呼。

苏珊娜霍地站了起来。

“你来了。”她说。

章之凡点点头。

然后他对苏珊娜说：“正好她也在。”虽然他没有具体指出，但我想应该就是指我。

“正好她也在。”章之凡重复了一遍，忽然间，他说话又有了很浓的东北口音，“你看清楚了哈？我就是要跟她结婚。”

我跟苏珊娜同时爆发了一阵惊叫。但是，我叫一声只是因为受到了惊吓，苏珊娜的叫声，却明白无疑地，是受到了伤害和羞辱。

叫完之后，她又坐了回去，这一下，开始用一种惊人的速度吃起了面前的食物。就跟嘴里长了个颊囊似的，很快地，她的脸鼓了起来。她鼓着脸，示威似的看着章之凡，眼睛里已经涨满了泪水。

看到这里，基本上这两人平日里的交往模式已经一清二楚。但是，这次章之凡显然决定置之不理。就在我心里跟自己打赌他能坚持多久的时候，“欢迎光临”！门铃又响了起来。进来的人，我感到我有一丝熟悉……是吕凯。

他看到我的脸，就跟看到了鬼怪似的。“阿蓝，阿蓝不在这里吗？”他哀叫了起来，“她告诉我她在这里上班！”

很明显，阿蓝把这人给骗了。

我还一直以为阿蓝是跟他一起去旅游了呢。但是现在，我决定对这件事绝口不提。吕凯问我：“你知道阿蓝去哪儿了吗？她一声不吭就辞职了，不接电话不回短信……你们是住在一起吗？她……过得好吗？”

我想如果我回答说“过得不好”，吕凯应该会好受些。但我还是诚实地回答：“她过得挺好。”

吕凯整个人抖了一下，茫然地看了下四周。这时候他才好像看见了章之凡和苏珊娜似的。“你们……你们怎么在这？”这个问题，也正是我想问的。

一开始，没人回答。

静静的店里，似乎只能听见苏珊娜咀嚼和吞咽的声音。

过了好一会儿，章之凡才不情不愿地说道："我约她在这里见面来的。她非要见面，我这几天都在加班，走不开。"

"你不是说因为想见我？"我问苏珊娜。当然这不是什么大不了的问题，可是，后来我才意识到，当时我这样说，就是当场戳穿了她的谎言。

苏珊娜抬起涨满泪水的眼睛，看着章之凡，又看着我。她又奋力地往嘴里塞了一个鱼丸，愣了几秒，然后，"哇"的一声吐了出来。

"啊呀！"我嫌弃地叫出了声。

可能表现得太嫌弃了。

我叫声还没落，苏珊娜忽然跳了起来，我还以为她要打我呢，谁知道，她哗啦一下，推倒了一个货架。

"啊，你住手，住手！"

又推倒一排。

这时候，如果睡觉的同事还不起来，我就要打 120 了。他终于冲出来了，睡眼惺忪："怎么啦怎么啦？"章之凡见状想跑，但我眼疾手快，冲出收银台抓住了他，喊道："报警！报警！"

警察同志，这个人犯了欺骗感情罪！

11

当时的情形，我真希望玛莎能看见。

到了派出所，每个人都争先恐后：“损失多少钱，我赔，我双倍、不，三倍赔。”

警察非常困惑，这种情况，可以说根本没有把人带回来的必要，可是刚才既然他决定带人回来了，现在就不得不严肃地训斥他们。

“你们闭嘴！这是钱不钱的事情吗？你们这是扰乱公共秩序！这是钱能解决的事儿吗？你们还这个态度，给你们通通拘留十五天！”

两个男人闭嘴了。但苏珊娜没有认输。“警察叔叔。”她甜甜地说，“不是这样的，事情是店员挑起来的，她把关东煮泼到我身上。”

“我没有！”

“真的，不然我男朋友也不会那么生气要推那个架子，警察叔叔，试问如果你是我男朋友，看到女朋友被欺负了，你不会做点什么吗？”

“那也不能……”

“他只是推架子，没有推人，说明他还是很克制的。真的，警察叔叔，我们弄坏了什么东西我们赔，但你要好好处罚店员，她不能因为我打扰了她睡觉就往我身上泼东西，我也不是故意的，我以为二十四小时的便利店就什么时候都能买东西……”

她说得泪水盈盈，好像就要哭出来了。我扭头去看章之凡，他一脸“我放弃了”的表情。

其实就连我也差点相信了苏珊娜的这番哭诉。

然而：我们店里有监控。

这件事最后的结果是，警察把我们所有人训斥了一番，做了笔录，交了罚款，章之凡当面把赔偿金交给我之后，把我们赶出了派出所。

当时是凌晨五点多。天空是一片灰蓝色，显得十分清朗，但同时又冷得要命。

这正是一年中最冷的时节：冬天已经到来，但暖气还没来。

“我们好久没这样了。这么早的早晨。”苏珊娜忽然说。

“你们没有。我经常赶早班飞机。”吕凯沉闷地说。刚才派出所里那么吵，他却像被喂了安眠药一样，一直都在那打盹。

“上次我们一起这样，在这么早的早晨一起走是什么时候?”

“大三的时候，小章出国之前了。”吕凯说，“那时候还有秀泽。”

骤然听到这个名字，泪水立刻夺眶而出。我赶紧扭过头，用力地揉着一整张脸，假装刺伤我的只是这个清晨。

“你怎么了？你怎么穿这么少？你没钱买衣服吗?”章之凡问我。他好像很生气，把自己的外套脱下来塞我手里，“给！”

“打个车吧，打个车吧。”苏珊娜缩成一团，轻轻地、唱歌一般地说。她浑身打战，上下牙撞得格格作响。刚才在派出所里的丑恶嘴脸，就像一层壳一样从她身上剥掉了。现在她纯白无暇得就好像煮熟的鸡蛋清一样。

“我想走走。”吕凯说，“工作以后很久没有这么走了。而且……”

他犹豫了一下。

“而且，就这么走，我还能看住你们，不要惹什么乱子。”

苏珊娜笑了起来。那笑声就跟梦中的风铃一样动听。我紧紧地裹着章之凡的衣服。满脑子里，我只想着秀泽，但是我不能说，我害怕只要我一说，这个名字就会像在梦里一样消失。

“吕凯你是个好人，一直都是好人。”苏珊娜说，“但你管不住我们的，我们就是些白眼狼。觉得全世界都欠我们的，因为我们有钱。就这样。”

“你们俩结婚的事情都是真的吗？”吕凯问。

“我是真的。”章之凡厉声说，“我是真的要结婚，我受够了。”

“我要跟秀泽结婚。”苏珊娜说，“我们约好的，早就约好了。世界上只有我能跟他结婚，他也知道。但是，我上次去找他的时候，他不见了。”

“他去哪儿了？”

“不知道。我怎么知道？他把车也卖了，还是我给他买的车呢，然后屋里什么东西都没带走。但是……有件事情好奇怪。”

“什么事？”

“他居然养了只狗。什么设备都齐全，狗粮、狗食盆、狗饮水机、狗屋、狗厕所。”

“狗还会上厕所？”

“不会啊，所以屋里好多狗屎。吓得我赶紧关门跑出来了。”

这时候一辆出租车经过我们身边。司机有点探头探脑的，好像觉得我们要打车，但又有点不确定。我紧走了几步，拉开车门，坐了进去。

“师傅我去……”我回忆了一下，报出了秀泽的地址。

“啊呀，那我可去不了，我要交车了。”

这时候，有人拉开了副驾的门，砰一下坐了进来。

“去去去！”章之凡说，“给你一千块，去不去？”

12

“秀泽也是你大学同学吗？”我问章之凡。

“不是。怎么可能？你想什么呢？他那种人怎么可能考得上大学？”

“他怎么啦？连你都能考上大学，他怎么就不能？”

说完这话我又后悔了。毕竟我不是来跟章之凡斗嘴的。

宠物医院的医生在给小狗做检查。尽管看上去还算健康，但我想还是检查一下比较好。检查的钱也是章之凡给的。刚才破门的钱也是他给的。我们请个开锁工开了半天，结果发现苏珊娜根本就没锁门。

“我不是跟你抬杠，也不是贬低他。我就是说一个简单的事实。”章之凡说，“你跟他在一起多久了？你没发现吗？他的智商大概相当于十几岁小孩的水平。”

“这不可能……”

这句话还没说完我就泄了气。

因为，在所有的解释中，唯有这个解释是最简单也最说得通的。

“你是怎么认识他的？”章之凡问我。

他对这件事好像难以理解。据他说，秀泽是根本不可能认识任何人的，他既不会跟人搭话，更不会主动邀请人去他家。

“你跟他真的在一起吗？”他问。

我摇了摇头。

小狗的身上穿着一件薄棉衣，检查完，医生又重新给他套上了。秀泽家里养狗的东西真齐全，狗粮、狗毛梳、狗玩具、狗维生素、狗磨牙棒应有尽有，如果不是因为一地的狗屎，简直以为他在开宠物店。

“他到底怎么了？他这种人怎么会养狗？”章之凡问，“你怎么想，你要收养这只狗吗？”

我说：“那总不能扔掉啊。”

“可你他妈连自己都养不活啊！”

“我就自己饿死了也不会让狗饿死的！”我冲他吼。我从医生手里接过小狗，用衣服包起来。这时候章之凡也吼道：“那是我的衣服！”

“你们两个不要吓到狗狗！”医生也怒了，“你们情绪这么不稳定，能养狗吗？还不如送到狗狗收容所去！”

我怔住了。

医生的话似曾相识。那一瞬间，我大脑一片空白，努力回想，这句话——说这句话的人是我爷爷。

“你们俩这样吵吵闹闹，还有脸争着要孩子，不如送到孤儿院去算了！”

从我记事开始，父母就一直猛烈地吵架，到我有了一点自我意识，他们每次闹离婚的时候都会问我：“你跟妈妈还是跟爸爸？”

每到此时，我都会大哭不止，一边哭一边说，我谁也不跟。

他们为什么不早点离婚呢？因为爷爷是卫生局长。但爷爷后来脑溢血突然去世，几乎不到一年，他们就签好了离婚协议。

我真可怜啊！

我腿一软，蹲在地上，放声大哭起来。

一个劲一个劲地哭，无论如何也止不住，感觉整个身体都化成了水分，从眼眶里流出，人越缩越小，意识也开始漂浮。

有人用力地拽我的胳膊，我用力地甩开。他好像在很远的地方喊：“你哭什么，别哭了，求求你别哭了，要养狗你就养，我帮你养还不行吗！”

你有钱了不起啊！！！！！！！！

“你接电话，你接一下，阿蓝打来的。”有人强行把电话塞到我耳边。

我才听了一句，立刻就止住了哭声。

电话那头不是阿蓝。

是我妈。

“你在哪儿？是不是一晚上都在外面？啊？赶紧回来！”千真万确是我妈。

这时候，电话好像被人抢了过去，紧跟着，是阿蓝冷淡的声音：

“这人到底是不是你妈？不是的话我就报警了。”

13

一切都瞒不住了。

“你怎么住在这种地方？”

我早前给了我妈地址，让她把我过冬的衣服寄过来。没想到她居然自己拖着衣服来了北京——其实我应该想到的，这就是我妈的性格。

“你不是说在日企上班吗？”

但我没说谎。那家便利店确实是日企。

“马哲没过？你现在给我一张卷子我都能过！我真搞不明白，你大学四年到底在干什么？都在谈恋爱是吧？你怎么变成一个这样的人了？”

我妈训问我的时候，阿蓝就戴着一只巨大的耳机，在一边打开电脑看电影，不时发出咯咯的笑声。

而我妈呢，她每次发笑都皱着眉头瞪她一眼，我不知道阿蓝有没有感受到那目光的重量，但她显然完全不在乎。她的这种反应不断地增加着我妈的怒气，但作为一个有教养的知识女性，她深知自己不能向无关的人发火，因此，那份怒气最终都会转嫁到我头上。

“你看看你现在，都在跟什么人……”她克制了一下，放低了声音，“都在跟谁混在一起。”

然后，她甩出了终极问题，这个问题，基本上我每次考试成绩不理想，总会被问到：

“你说，你以后打算怎么办？”

是啊，我打算怎么办？

我想说，我去死行不行？

但最后我还是做出了一个令我自己都意想不到的回答：“我考研吧。”

我妈怔了一下。

最后她勉强赞许地说：“那就这样吧。这样还可以洗刷——也不能说洗刷——还可以掩盖你的这个人生污点。”

我正在想她会不会要我立刻去报名，或者说会不会发现报名时间早已经过了，并且再一次对我大发雷霆的时候，她接了个电话——原来她是来北京开会的，一个关于急救的国际会议。

我妈离开任何地方都会给人一种龙卷风现场的感觉——说不清的怪异，说不清的凄惨。章之凡打电话过来问：“我可以过来了吗？”他一直等在胡同口。

他过来了，抱着那只可怜的狗。不知道为什么，他还是没穿上外套，就用最开始的形状，用那外套包着狗，像抱个小孩一样紧紧抱在怀里，自从我认识他以来，还是第一次看见他这么狼狈兮兮的模样。

“这是秀泽的狗吧？”阿蓝忽然问。

我点点头。我都没有想问她怎么会认识秀泽，她好像认识所有的人，这一点都不奇怪。

“真可怜啊。”阿蓝说。

不知道为什么，这一次，我明显地感觉她是在说秀泽，不是说狗。

她伸手问章之凡把狗抱了过去，对她来说，这算罕见举动。低头观察了一阵之后，她忽然没头没脑地说了一句：“这狗长得很像迁美。”

“别胡说，我怎么可能长得像狗？”

“我刚才看了半天，也觉得很像。”章之凡说。

“你打算怎么办？”阿蓝问。

我不知道……

小狗呜呜地叫了两声。

14

亲爱的（被划掉）

迁美：

见信好。

你看到这封信的时候，我已经和秀泽结婚了。

不，我骗你的。我就是这样，一天不骗三个人就不舒服。所以接下来说的也全都是谎话。

如果说我爱秀泽，这也是谎话。

我们的事情小章跟你说了多少？不管他说了什么，都要以我说的为准。我和秀泽从小就认识。后来他溺水出了一次意外，昏迷了一段时间。他后来醒来了，但是大脑受到了不可挽回的损伤。

我后来读到一本书，忘记是谁写的了，里面写的是几个女的一起住在乡下，忽然，意识到自己忘记了意大利语的窗子怎么说。怎么也想不起来了，这几个女的大哭了一场，你可能觉得这是发神经病，但是，我懂。我跟秀泽说过，他也懂。他完全把以前的事情忘光了，这倒也罢了，但是以前的事情肯定是存在的，因为忘记了，所以肯定比现在美好得多。他曾经是最可爱、最出色的男孩子，是他妈妈的唯一的希望。后来，他妈妈去世了。在这个世界上，就只有我一个人知道他曾经多聪明、多优秀。就这样，我一直把他带在身边，去哪儿都带着他。

医生说，他的病，还是有可能慢慢恢复的。尤其是现在有了什么新的技术，什么干细胞、神经元什么的，我也完全听不懂。我带他去看病的时候他就跑掉了（但还是住在我租的一个房子里）。很明显，他不愿意去看病。很明显，他认为，在他要恢复的那段记忆里，有什么黑暗、可怕的东西。

你和他是怎么认识的？我很好奇。不过，这也不值得去追究。总之，走到天涯海角我也要……算了，跟你说这些没有意义。有些事情你是不会懂的，因为你就是一个从头到脚都普普通通的女孩子，你理解不了什么高深、复杂的东西。

我这么说你不要不服气。人跟人到底是不一样的。有人认为差别是钱，但我不这么认为。那么最根本的差别是什么呢?

是爱，就是爱。因为爱是唯一用金钱买不来的东西。爱，又稀奇，又脆弱。我有时候也会跟别人瞎胡闹，你也知道我说的是谁，但那不是爱，爱没有那么容易，爱不是你非常想要的那样东西，而是你永远得不到的一样东西。

秀泽爱我。当他意识到，如果他想起了全部的事情，就会知道是我把他骗进海里去的，就无法原谅我，他哪怕只在大脑里最黑暗的区域，模模糊糊地意识到了一点点，就宁愿放弃治疗，永远保持他现在这个样子，这就是爱。我也永远爱他，因为我永远没办法确确实实得到他的爱，这种爱在世界上独一无二，拥有的就只有我们两个人。

而你，还有世界上别的人，就只能得到次一等的爱。甚至有些人连这样的都得不到。对了，代我向你的同事问好!

下面还有一些胡言乱语，不值得叙述。

这封信的末尾甚至没有署名，但是，从这种疯疯癫癫的口气，完全可以猜到是谁写的。

我读信的时候，玛莎就眼巴巴地看着我。

是她从店里把信带给我的。她回去上班，而我辞职了。

“她让我向你问好。”我对玛莎说。

“谁稀罕她！”玛莎龇牙，做出一副凶相。

联系不上的那段时间，她的行踪也清楚了：她跟阿蓝一起去旅游了。

“去爬了泰山。”她说。

一起去的还有一个男人，好像是阿蓝的什么朋友。“那天下班的时候我是拿了一点钱，因为要去喝酒嘛，本来想第二天还回去的。结果去旅游了，就没来得及。然后一路上手机也没办法充电。”

“干嘛拿公司的钱啊，你自己没钱吗？”

“没有。我哪有钱？一个月工资才那么点，然后，认识了章之凡以后，完全控制不住地刷信用卡，买了好几个包，卡早就刷爆了，后来这些钱都是我爸妈给我还的。”

说到这里，她有些伤感，那样子倒是比她平常的样子好看了不少，她说：“就狂刷卡的时候，感觉自己跟他距离更近了。但那都是错觉。害死我了，差点。”

但是，我的钱可不是她拿的。

“阿蓝没跟你说吗？那天我们喝酒喝了快一万，最后翻了你的包，拿你的钱结的账。”

对此阿蓝的回应是：“忘跟你说了。”

问题在于，当时她也根本不知道我有钱，就敢一个劲地卖酒给我们。

“要是没钱付账怎么办?”

“是啊，怎么办呢。”阿蓝说。但听得出来，她压根没想过这个问题，也根本不在乎。

“后来吕凯还找过你吗?”我说，“你把他甩了以后，他好像失魂落魄的。”

“真可怜啊。”阿蓝说。

但听得出来，她的意思是：那就是他自己的问题了。

那天我们三个人窝在那间出租屋里，关上所有的灯，在阿蓝的手提电脑上，一遍又一遍地观看着玛莎从店里偷拍下来的监控画面。

苏珊娜进来了。章之凡进来了。吕凯进来了。哗啦啦，货架倒了一排。我拉住章之凡，高喊：“报警!”

“你当时干嘛报警啊，傻逼?”

“我想把章之凡抓住，让他给你一个交代。”

“真的?”

“我想把他抓住，把你引过来，这样你还可能还我钱。”

“……你脑子坏了。”

一边看一边喝着从店里拿出来的进口啤酒，刚刚过期，味道还不赖。这是色店长送我的离职礼物——乱进乱出法的馈赠。

这是阿蓝提议的，她说，错过了那个晚上，真的很遗憾。

看着看着也的确感觉，他们是视频里的人，我们是生活在这个世界上的人，我们不一样。

“但是迁美你不太一样。你感觉在哪里都可以，都很协调。”阿蓝一本正经地评价。

“那玛莎呢?”

“玛莎就是有一百个名牌包也没法嫁给富二代。”

“那你呢?”

“我嘛，我在哪里都不协调。我是一个 no where man。”

阿蓝嘻嘻哈哈的，但是，她马上又接了一句。

“秀泽也是一个 no where man。”

15

无论何时，只要听见秀泽的名字，眼眶里就会涌上泪水。

“那个人是叫秀泽吧?”店长说。不是便利店的店长，而是咖啡店的店长。

“你们后来……”他把食指和中指搭在一起，这么轻佻地问我。

“没有啦，我们没有!”

“哦，那太可惜了。”

“为什么?”

“你怎么那么多为什么?”店长说，“你看你，一天都在看书，他也一天都在看书。”他伸过头来看，“你在看什么?”我赶紧合上书，把书名那面扣在了桌上。我生怕别人看到我在看什么书，虽然这其实也不怎么打紧……是契诃夫的《三姐妹》。

这本书讲的是将军的三个女儿，个个通晓外语，知书达理。她们跟随父亲从莫斯科搬到乡下，一辈子都渴望着回去，但是有一天，她们忽然忘记了意大利语的窗子怎么说。

再也回不去了。那一刻她们意识到。

搬家的时候，阿蓝郑而重之地把这本书送给我说："做个纪念。"然而，书上没有名字和赠语，我也根本不知道，这本书是她的、苏珊娜的，还是……秀泽的。

当然了，这不重要。

我重新在这间咖啡馆打工了，同时跟一个大四学生租了她不会来住的一张床，借口是考研。但是我清楚，我根本不想考研——我只是想把这段无所事事、不用为任何事情负责的时间再延长一些罢了，最好延长到世界尽头。

意大利语的窗子怎么说呢？我想，我总有一天也会忘记的，就如同书中的三姐妹。与之一同遗忘的还有五月的莫斯科——阳光明媚的春天，永远回不去的地方。用苏珊娜的话说，那是秀泽遗忘的、也确实知道自己遗忘的美好过往。

但我并不同意。但可能我就是习惯性地怀疑她说的每一句话而已。

"青春期。"店长说。

"哈？"我吓了一跳。

"我想明白了，为什么觉得你跟那个秀泽挺配的呢，因为你们都好像有股那种倔劲，像是永远停留在青春期。"

但我不可能永远停留在青春期。章之凡每天下午来找我，但已经不坚持要跟我结婚。他只是说，跟苏珊娜比起来，我是一个更合适的结婚对象，而他暂时还没有改变想法，云云。

“小伙子挺不错的了。”店长评价，“长得不错，工作能力也好。你考虑一下。”

学高分子材料的章之凡刚做了一本关于妇科知识的书，据说卖了一百万。

无论如何我们都必须得……长大、工作、忘记曾经的自己，把自己脑子里原有的东西都赶出去，放进更适合生存的内容。

“你是不是在等他？”章之凡有时候很生气，“你是不是在等他？他那个病治不好的！你别幻想了，那个人的脑子里，”他说着，砰砰地拍着自己的头，为了强调，“没有你！没有苏珊娜，没有我们……那个人的脑子里，什么都没有！”

脑子里什么都没有……那说不清是一件多么困难、多么幸福的事。

能做到这一点的只有不知道消失在哪里的秀泽，全世界只有他一个人而已。

或许还有一个人……

阿蓝。

那天下午，咖啡馆里生意清淡，有人点单说：“来一杯美式。”又说，“我女朋友要一杯卡布。”我听他声音有点熟悉，尤其是那种——生怕别人不知道他有女朋友的自豪劲儿。

正眼一看，这个人是景泰。

我还在想要不要跟他打招呼呢，谁知道，他惊叫起来：

“怎么，迁美，怎么你还活着！”

我莫名其妙。

“上次，上次我跟阿蓝去爬泰山，因为她说你已经死了，说给你看病花了很多钱，害她欠了三万块钱债，正在被人追杀。”

“什么?!”

“她还让我把你落在我那儿的那条裙子带上，在泰山顶上给烧掉了。”

什么?!!!

“一起去的不还有你的一个同事吗，她说你抢了她男朋友，但是既然你已经死了，她就原谅你了。”

这都什么乱七八糟的啊。但是，我马上抓到了问题的关键。

“她是不是跟你要钱了?”景泰一副退缩的样子，我逼问道，“你给了她多少？三万？五万?”

“你别说了，我……我女朋友……”他看上去就快给我跪下了。

但是，我当然并不关心。

我只在吧台的后面，发出了一阵狂笑。

阿蓝这个人……不管她脑子里是什么东西，总之，非常非常厉害就是了。

景泰把咖啡都换成打包了。他女朋友好像很不理解，他慌慌张张地把她推出门。那个女孩——看上去像个不谙世事的小女生，一脸莫名，走出店门以后，还回头看了好几次狂笑的我。

但我不在乎。我只想笑。真的，我感觉自己一辈子，还从来没有这么开心过。

>>> Part Four

“每个人的人生只要偏离十五度，都可能是一部犯罪小说。”

1

我和妻子是相亲认识的。当时，要不是我完全放弃了生活（或者说放弃了 90%），也不会跟她结婚，但……总之我可以说是鬼迷心窍吧！见面时她拿着手机看网文，一部侦探小说，我说，我也看了这个，挺好看的，就是太不真实了。她瞅了我一眼，突然咕叽咕叽地笑起来，就是那开朗的笑声让我莫名觉得，哎，就是她吧，啥也别想啦！三个月以后，我们就结婚了。

当然，我跟她结婚也有现实方面的考虑。大概三四年前，我倾尽所有，还借了点债，在四环外边买了一套一居室的住房，但是，就好像着魔一般，买房以后我虽然升了点职，也加了薪水，但手头一直拮据，想置换一套大点住房的愿望始终不能实现。妻子呢，从小父母双亡，由爷爷带大，在北京远郊有一处老房和宅基地。她爷爷我也见过，虽然慈蔼但毕竟年事已高，我们也不宜对他的寿数做什么不切实际的期待。总之，如果爷爷去世，妻子作为唯一的继承人就能得到全部财产。这样一来，我的换房梦想也许终能实现。

暂时，我和妻子还得住在这四十多平方里。屋子实在太小了！想要某天换掉它的愿望使它还比实际狭小了二十倍。就是在这拥挤的空间里，妻子的缺陷暴露无遗。她是典型的梨形身材，上身扁平，下身却十分粗壮，但她在恋爱期间总是穿着长裙，掩饰了这一缺陷。开朗的性格原本是她唯一的优势，但结婚以后，她就变得寡言少语。为此我拐弯抹角地问过她几次，是否对现在的生活有什么不满。结果她满不在乎地说："没有啊，我是这样的，对陌生人比较好，熟了就不爱说话。"妻子一边说，一边对着镜子撩起了头发，方形的下颌瞬间暴露无疑。正常人的脸可能是圆形、尖形或者方形，但她的脸却是梯形！那一刻我怒不可遏，不，与其说愤怒，我更多地感到绝望；我不得不承认：现代婚姻制度就是女人对男人的一场诈骗。

诈骗受害者，当然不会甘心老老实实每天回家。我开始主动申请加班和出差。结婚的时候，因为老婆实在有点拿不出手（她也说她怕麻烦），我就没有请客，再加上今年上半年行业流动，本部门的人几乎走了一半，留下来的人好像忘了我结婚这件事。部门领导也换了，换成了个年轻小伙子，听说家里有一定背景，但外表看不出来。因为我经常加班，对我印象倒很好，下班的时候会叫我一起去应酬，去一些高档场所。我过去对这样的场所很不喜欢，但是没想到很快就习惯了。

"结婚了吗？"

"没有。"

"买房了吗？"

"买了。"

"那么你可以说是一个钻石王老五啦！"周围的人，男的女的，嬉笑了起来，大概是因为喝多了的缘故。

“你本来就是一个钻石王老五啊。”这时候有人对我说。

我实在没想到自己还会再见到李纱，因为她跟我分手，我才会下定决心找个女人（既然不是她就随便哪个女人）结婚的。我们最后一次见面是在一个化妆品专柜，BA看一眼她，又看一眼我，那眼神里写满了“你们不般配”。过了没几天她忽然失踪了，跟我留言说“配不上你”，但很多人都说她是跟一个富豪跑了。

我无数次地想象过，李纱会哭着回到我身边，告诉我她犯了错，钱不重要，重要的是我们之间的爱情，她爱我，永远只爱我，没有我不能生活。我知道这是完全无稽的幻想，没想到真的实现了。李纱因为跟我领导有些业务往来，那天晚上也去了同一个地方。在我们互相对望的一瞬，忽然我明白了我生命的意义是什么，除了等她回到我身边，其实我别无所求。

但是，我已经结婚了，有一个老婆。跟李纱相比——不，不能跟李纱相比，即使有“比较”这种念头对李纱都是不公平的。李纱在一家创业公司做合伙人，我老婆在一家培训学校当老师。我问过她几次学校的名字，她含糊其辞地说“就北大青鸟、蓝翔那种”，我也可以理解，这样的工作是不怎么好说出口。就跟所有工作得不怎么样的人一样，她下班以后就对工作绝口不提。只有一次，她用一种轻松的口吻说到，学生差不多几个月就会换过一轮，很少有人上课超过半年。“这样最好了，我跟陌生人打交道比较轻松。”她的话语中没有一丝对学生的关怀和责任感。敷衍塞责而毫无愧疚，这就是她整个的人生态度。

“你不要苛责她了，拆迁的农二代都这样，她们一出生就拥有了大部分人缺少的东西。”李纱说，“而我们都要靠努力奋斗。”她毫无怨尤的态度加深了我的愧疚。原本我的人生目标就是要让她能过上幸福的生活，但却在她暂时离开的时候动摇，我觉得自己就是因为这种容易放弃的态度，才在人生中止步不前。我想补偿李纱，更想向她证明，我为她能够付出一切——一切！她跟我的领导在做一个新的公司，领导利用自己的关系弄到了一批竹钢，承接佛寺的工程，因为资源都抓在领导手里，李纱害怕自己被甩掉，想尽力多增加投资，我把自己的存款全都给了她，还不够我就抵押了房子。一切都进行得很顺利，工程合同已经签订，预付款也已经打过来，李纱马上把钱还我，我执意不要。“也好。”她有些迟疑地说，“等款子全部结清，我们就……”她的眼睛湿润、明亮。我打算跟老婆提离婚。

就在这个时候，事情起了一点变化。李纱没有说，是我发现的，我发现她跟我在一起时，开始变得愁眉不展。我按下不安，沉住气继续观察，发现她原本背的几个名牌包：香奈儿、LV 什么的，都已经不知去向，反而用起了一个藏蓝色的尼龙袋——那只袋子是我们几年前一起去香港的时候，我给她买的，记得价格还不到两千。她越来越憔悴，甚至开始背着我抽烟。虽然每次见面的时候她都喷了香水，但我对烟味很敏感……我感到莫名的恐惧，却又不敢问她。这一切都太像我们上次分手的时候，她突然离我而去的时候。

而事情果然这样发生了。那天，我如约到了李纱的住所：没有人。我用备用钥匙开了门，发现屋里已经搬空，只留下了几样不值钱的家具。我发疯一般翻遍了每个角落，想看到她有没有留下片言只语、蛛丝马迹，但是，什么都没有。

陷入绝望之时，我听到了门锁的转动声。

是李纱吗？真的是她！她衣衫不整，喘着粗气，拼命锁上了门。看见我，她的眼神从警觉突然变得涣散，在我还没来得及追问之时，她扑倒在我怀里，失声大哭。

“是你啊。你在这里真的太好了！幸亏有你，不然我怎么活？”

李纱被骗了。领导根本没有什么竹钢，也没有接到什么佛寺的工程，他的那些关于自己的亲属在宗教部门，跟这些那些高僧很熟的说法，只是空手套白狼的谎话。工程预付款打过来，很快又以追加投资的方式花了出去。其实那根本不是什么预付款，只是庞氏骗局付出的第一笔红利。

李纱被骗了。她所有的积蓄，连带着老家的几套房子都打了水漂。我的房子之前抵押给银行，我留了一小笔钱来支付每月的还款金额，现在这笔钱即将告罄。李纱浑身发抖：她还在小贷公司借了一笔钱。那些人能做出什么事来，想想都不寒而栗。

我去找了小贷公司的人，把李纱的债务转到我名下。另外我还多借了一笔。李纱说，她原本打算一个人逃到泰国，她在泰北的乡下有一处小小的住房，但她还是回来了，为了我。而我已经不顾一切。我告诉小贷公司的人，说我老婆在郊区有一套房子，还有宅基地。我拿到了一笔现金。

准备去泰国的那天早晨，我的家庭生活还与从前一样。老婆要我下楼去给她买早点。我买了上来，她却又不吃了，说有事情要迟到了。

“那你带着路上吃。”

她看了我一眼，那一眼里有一种……说不清是什么东西。我躲开了，没有跟她对视。她出门之前，把鸡蛋灌饼塞进了包里。李纱的电话打来了：“你到哪儿了？”她说，“我在机场等你。”我收拾了东西，半小时以后打了辆车出发。“今天怎么这么堵？”我问司机。“环路上出了事故，挺严重的，还死人了。”司机听着交通广播，但还没等我听清到底什么事故，他就转台了。

我终于到了机场。在国际出发的大厅里，望向李纱所说的方位。我没有看到她，于是我踮起脚尖，眯起眼睛再看过去，就好像这样能看到更远的地方。电话再一次响了，我接起来以后才发现不是李纱。

“您好，请问是宋清元的家属吗？”

“我是。”

宋清元是老婆的名字。婚后太久没有叫过对方的名字，以至于乍一听到，我几乎想矢口否认。

“是这样的，这里是阜成门医院。您的妻子刚刚遭遇了严重车祸，正在我们院里抢救。情况现在比较危急……”

“什么？”

“情况很危急。胎儿是肯定保不住了。大人也……”

妻子什么时候怀孕了？我大脑一片空白。

2

“这么说他会相信吗？”王博放下电话，问我。

“肯定会。”我点头说，“我老公不是那种喜欢追根究底的人啦。”

尽管到了现在这个地步，我还是习惯性称他为“我老公”。老公不算一个聪明人，也不是一个坏蛋。他只是男人中占99%的普通男人中的一个。

“所以您到底为什么要结婚呢？”王博问。他是我的学生，但这不算什么正式的师生关系。五年前我在一所老年大学里挂靠开了一个写作班，教人写推理小说。来的人当然不是老年人——老年人也是有的，这个以后再说——来上课的大多是推理文学爱好者，理所当然。

大部分学生，在来上课之前，我们在网络上就已经熟识了。不过，那时我们交流的一般是阅读感受，就某本小说的设定、密室的可能性、诡计的合理性展开讨论。如果说对作品的鉴赏力、阅读作品的数量，推理圈比我高明的人，可以说多了去了，但是，我却有一样他人所不及的才能：我可以鼓励别人写出推理小说。

与其说鼓励，不如说“驱动”更为恰当。我能从一个人的闲聊中发现蛛丝马迹，拼凑出他完整的生活轨迹，并从中寻找缝隙，设计出一个小说的开头。然后，学生们会独自完成或相互求助，把这个小说写下去。

这样的小说也并不出版，就用一个统一的假名在网上流传。也会收到打赏、募捐之类的款项，数额还不算少，但至今我们还未取用。

“每个人的人生只要偏离十五度，都可能是一部犯罪小说。”王博如是说。他是唯一一个结业了又回来的学生。回来是因为，他老婆被杀了，是的，真实的犯罪，然而，但那犯罪经过与推理小说相去甚远。

他老婆是一名普通的民事法官，处理得最多的是离婚案件。有人会因为离婚而杀人吗？不可想象，但那个人就是用自制手枪把几颗铅弹射进了他老婆的肝脏。

有时候，我怀疑，他变得比过去更热衷于推理，是想要摆脱那种亲人死亡带来的巨大无序感。

“我觉得说怀孕这件事完全是败笔啦。”王博说，“多余。”

他的潜台词是：你以为这个男人对你还有什么怜悯不成？

“兴之所至啦。”我讪讪地说。

我到底为什么要结婚呢？

吃中午饭的时间到了，我从包里摸出早晨没吃的鸡蛋灌饼。要赶到课上，还有一些准备工作，时间有些紧张。而且，路上还堵车了。

“电话没问题吗？”

“没问题，我用急救那边的电话给他打的。”冯煜说，他自己是阜成门医院的眼科大夫，“今天早晨那个车祸是在我们医院急救的，太惨了，其实当场有死一个，还有一个伤得很重的女的，下半身都被挤扁了，我看也没什么希望。”

“可他要是再打过去问呢？”我说，“你同事接电话，说几句不就穿帮了？”

“你把事情搞复杂了，你想啊，其实他现在就在盼着你死呢。你死了，他开心都来不及，怎么会去查证？”王博说。

我没说话。

“刘巍你给查一下，看老师的老公有没有登机？”

“查过了，登了。”刘巍说。他是这一期的学员，在建筑设计院工作，对自己现在的职业非常不满，“比起现实的建筑我更喜欢虚拟的建筑”，他最爱玩的游戏就是俄罗斯方块，听说这个游戏要被拍成电影，他兴奋不已。

登机了啊……有些遗憾，然而……我慢慢地吃掉了已经变冷的鸡蛋灌饼。小贷公司的人应该很快会上门来要债了。

“你老公的房子已经抵押过一次了，你知道的吧？”王博说，“哦对，你不会不知道，陈刚给你查过了。”

听到这话，陈刚微微点头。他在一家银行的个人信贷部门工作。通过熟人，查到老公名下的抵押贷款并不困难。但是，尽管房屋属于他的婚前财产，抵押房产的时候还是需要夫妻双方签字到场。在银行工作的学生多方打听，得知当天“我”的确去了。“不过当然不是老师你本人了。他们讲，是一个非常漂亮的女人。”陈刚在电话里哧哧笑着说。

即使在最普通、日常的生活里，任何人也都有可能犯下罪行，或成为罪行的对象。同时，他的罪行一定会通过日常生活的改变而显现。

这就是我教给学生们推理小说创作的规律。

要设计一桩犯罪的时候，一定要细细描绘好罪犯和被害人双方的职业、爱好、生活路线、作息规律。必要的话绘制一条 24 小时的时间线。而一篇小说最简便的开头，就是在这根线上截取一个点，让这个人在此时、此地消失。

现在消失的人是我。如果这是一个小说的开头，那么我，一个家庭主妇，在上班的路上突遭横祸，并且再也无法得知丈夫针对她的一场阴谋。

现在这个小说该如何进行呢？

我茫然无知。

决定故事走向的，应该是人物的性格。只是对这个性格，要看从谁的角度去理解。老公本人，可能认为自己善良、忠实、宽厚、能干，具有传统男性的所有美德，但在我看来，他性格的最大特点是：志大才疏，同时心软，容易轻信，也容易被他人操控。

举个例子：我们恋爱、结婚的过程就充分体现了他的性格。我很清楚自己不是他喜欢的类型，但是，我将自己装扮成智商一般、对他有点小崇拜、愿意将自己的一切交给他的模样，认识三个月以后他就向我求婚了。

结婚以后，他的作息规律与恋爱时有了改变，下班时间晚了很多。从我的角度，很容易推测出他对这段婚姻的不满。我没预料到的是李纱突然出现。诚然，我是因为老公遭受了恋爱的巨大打击才决定跟他发展关系的，处在这种心理状态下的男性，往往带有一种“献祭”般自暴自弃的心理，对女性的判断力也容易失常，这对我有利。但是我没想到，他的前女友是这么一个人。

简单来讲：这女人是个惯犯。

老公一直很不清楚，为何自己在买房之后，尽管升职加薪，经济状况却没有得到明显的改善。他一直将这归咎于独自偿还房屋贷款，但我在婚后梳理了他的消费习惯，得出结论：他的日常开销，哪怕加上房贷，也只占他收入的一小部分。重要的开销是恋爱开销。这一部分的开销，如果男人不长个心眼的话，可以是个无底洞。

世界上有那么一种女人是有花钱的天赋的。而且这钱往往花得无知无觉。你觉得自己并没有给她买下她渴望的那个包、那双鞋、那辆车，但是，钱其实已经花出去了，而且花得并不比那个包、那辆车少。

陈刚，曾经“完全是顺便”地帮我查过我老公在各个银行的流水。我老公曾经大额地、频繁地透支信用卡，然后仅采用最低还款额，这样的情形持续了两年多。“这样的人我见多了。”陈刚说，“一开始以为自己只是偶尔超支，下个月一定就能缓过气来，或者等着某笔款项到账，但这样的希望总会落空。他们根本不晓得自己要背多少利息，到后来就连一开始欠了多少钱都不清楚了，每月最低还款额不断提升，最后为了凑出这笔款子，都要绞尽脑汁。有些人于是办了好几张信用卡，这张取现还那一张，只知道取现的利息是每天万分之四，从来没有认真算过复利一个月是多少钱。如果只是欠银行的钱也还好，但最后这些人都去借了小贷公司。然后就是回老家，贱价卖了父母的房子或者一点点土地，这样的人不管多年轻，一辈子也已经完了。”

我问他：“就没有例外的吗？”

当时他笑着说，很少有例外的情况。“不过你老公就是个例外啊。”

陈刚说，我老公，突然有一天，就像被电鳗击中了一般，完全停止了信用卡透支。随后，顽强地以每月固定一万元的金额进行还款，最终还清了款项，并且在还清的那天，立刻注销了信用卡。

“毕竟老师的老公也不是一般人啊。”当时，刘巍一边玩俄罗斯方块，一边面无表情地说，我也不知道那是讽刺还是夸奖。

突然转变的原因有且只可能有一个：就是他跟那个女人分手了。

陈刚说到这里时，王博变得若有所思。他回家翻了老婆的遗物，下堂课就带了过来。

他说，他对这个女人有印象，因为他老婆办过她的案子。

那是一年多以前的事情。有人到民事法庭起诉，说自己遭到了女子以结婚为名的诈骗。那案子荒谬得让人匪夷所思，两人根本没见过面，原告所提出的证据只有一张张的微信截图，证明他和这个女人在谈婚论嫁，并且通过微信打给了她大笔款项。原告是一个四十多岁的普通男子，因为家里拆迁突然有了一笔钱，在某婚恋网站上认识了这个女人。“你怎么确定对方就是骗你的呢？”听到这个问题，男子歇斯底里地大喊：“她长得这么漂亮，要不是一开始就想骗我，怎么会看上我这种人！”该案最终因为证据不足，未予受理。

被告也始终未到场。

王博说，她老婆在家里叹息说，其实这种一眼就能看出来是诈骗。但是，如果有人下定决心利用婚事搞诈骗，是很难抓到真凭实据的。

此时此刻，班上的大家凑在一起翻看着李纱的照片，大概有八十多张吧，无论从哪个角度看，的确是个美人。

“这么想要钱，为什么不找个有钱人嫁了？”冯煜问。

“这就是人家的脑子比我们老师清楚的地方了。”王博说，“老公有钱跟自己有钱完全不是一回事。要想人生痛快，还是得自己有钱才行。”

面对这样的冷嘲热讽，我也不好意思开口争辩什么，例如“我结婚又不是为了钱”之类。王博对婚姻的看法很严酷，这当然也是因为他老婆。导致他老婆被杀的离婚案，是妻子通过婚内负债再离婚，让老公几乎丧失了全部财产；老公不服起诉，但根据婚姻法第41条，他理应承担婚内共同债务，并且要卖掉自己母亲的房子还债。

就是这个案子给王博的老婆招来了杀身之祸。并且，杀人犯在击倒他老婆以后，立刻就自杀了，连复仇的机会都没留给他。但这也是件好事，因为王博曾经说过，如果那男人没死，也没被判死刑，那他会亲手杀了他。

“什么狗屎婚姻，婚姻就是以爱为名进行的一场诈骗。”

面对王博这样忿激的言语，我也努力控制住自己，不问出“那你和你老婆的婚姻呢”这种听上去像挑衅的话。

况且，我现在自己就陷入了被诈骗的局面。老公找小贷公司借钱，这件事我并不意外，从他的现金流状况我就知道他早晚会走到这一步。老公自己没有留意到的是，他在决定孤注一掷之前，流露出的那些蛛丝马迹：他在纸上列出算式，我一看就知道他在反复计算自己可以贷款的金额；他具体问我郊区房子近期有没有拆迁的希望，还关心起了我爷爷的身体。

要说老公对我没有丝毫怜悯，那也不全是事实。在决定把我推向深渊的同时，他对我的脸型不再挑剔，主动把家里收拾得很干净，看着我的眼神里也有一丝不舍：他舍不得的当然不是我，而是他决定与我（或者随便哪个女人）结婚时，所选择的那种平庸的命运。如果我爷爷去世，我拿到房屋拆迁款，他也会慢慢安于跟我在一起，过上城市中产阶级的生活。

可他不知道，我根本没有爷爷，他见过的我爷爷也是我的一个学生。老人家当年考警校时梦想成为神探，却干了几十年户籍警。“平静的一生啊！没有一点波澜。”当得知要帮我冒充一下爷爷的时候，他二话不说就答应了。

老公从没想过，如果我真的父母双亡，家里还有价值七八百万待拆迁的土地，又怎么会嫁给他呢？那样的我，早就去金融街找青年才俊了。

所以，李纱在骗过一轮之后又回来找我老公的原因，我也不是不能理解：这个世界上，像我老公这么天真的男人，恐怕也很少了。

“你可是自己看着事情发展到这一步的啊。”王博说，口气中不是没有幸灾乐祸的意思，“你现在打算怎么办？从法律上讲，你一点机会都没有。你老公一共欠了七百万，摊到你头上三百五十万。中国还没有个人破产法，你每个月的收入里留下基本生活费，剩下的还一辈子。除了那份假的资产，你还有别的资产吗？”

我摇摇头。

“那你可就只有死路一条了。”

这可不是一句玩笑话。说死就死，只是，不像今天早晨这样随意地编造一条死亡消息，而是真正的死。

为了躲债而假死，这是推理犯罪小说中经典的桥段。一想到真的可以在一个人身上付诸实行，所有人都兴奋不已。

冯煜说，他的弟弟在偏远县城医院工作，可以帮我弄到死亡证明。只是我自己还是要亲身过去一趟，“逼真一点就需要做一些网络聊天记录啦，去见网友什么的。那破地方没什么景点。”

不过，我们后来决定省略这些无谓的东西：把事情搞得太复杂，就会留下破绽。人从世间经过，就如蛞蝓，身后总会拖着一条痕迹。如果有人感兴趣，就让它追踪这条无意识的痕迹好了！越是刻意设计，越是会出意想不到的问题。

新的身份由老户籍警帮我搞定。

“这真的可以？现在不都联网？”

“全国有两个身份证的人那么多，人家有你也可以有，放心。”

“就一个问题，死亡以后注销身份证，你没法坐飞机火车回来啦。”王博说。

“要么干脆别去了。”刘巍说，“先上了火车，再偷偷溜下来，火车站出站又没有登记。只要别买卧铺，卧铺列车员会发现你没去。买个硬座，鬼才会注意你。”

“你这样想省事可不行。关键是制造完全重合的路径。如果她本人不去那个县城，一切就缺乏真实感，怎么进医院，怎么死亡，总之事后对时间会非常麻烦。”王博反驳道，“这样，新的身份办下来要多久？”他问。

“这个不好说。这种事情靠关系，快也要一个月，大半年也有可能。”户籍警——“我爷爷”回答。

“在新身份办下来以前，你能就在那个县城待着吗？或者坐一个短途车到邻县？”王博问我，“你可以拿我老婆的手机，我一直没有注销。等新身份证办下来，我们就给那个手机打电话。火车票我们也给你买好。你在车站说身份证丢了，申请一个临时的，就能上车了。”

“可我在那边住哪儿？没有身份证，连旅馆都不能住。”

“那种小地方不一定。我可以让我弟弟给你租个房子。”冯煜说。

“那我一个单身女人，要是万一被人盯上了呢？”我忽然感到很生气，莫名其妙，气得肝疼，“那时候杀我可不犯法啊！因为我本来就死了！”

“可是老师，这一切都是你自找的啊。你本来可以在发现他出轨的时侯，就跟他离婚的嘛。”陈刚悠悠然说道，“这个小说的开头，完全是你自己写好的，你现在生什么气呢？”

我无言以对。

“要不干脆趁那个时间整个容好了。”刘巍说，“老师你只要把下面这块——”他用手遮住下颌的两边，“这两块骨头磨掉，其实长得就还行，我观察过。”

“不要磨!”王博好像也生起气来，“就这样不挺好吗？像刘玉玲。啊，别说这些没用的了！你不能回家，现在要马上去车站。车站找几个自动提款机，把公用账户上的钱都取出来。不要网上购票，直接车站买票。只要顺利离开，死掉，过几个月就可以再回来了。”

真的可以一切顺利吗？我忽然困惑起来。鸡蛋灌饼吃完了，胃里却像仍有一个巨大的空洞，我几乎不由自主地从包里摸出了手机。早晨出门之后，它就一直处于关机状态了。可我现在……

王博飞快伸手夺过手机，越过我的头顶，把它扔进了水槽。

“现在是生死攸关，别想那些没用的事情了好吗？”他喊道。

然而就在此时，手机响了。

所有的人都倒抽一口凉气之时，医生摸出了自己的手机。

“不好意思是我。”他做个手势，“什么？谁？要找他老婆？”

说到这里，他用手捂住听筒，有些惊慌无措地，看向了我。

3

醒来的时候，我用了好一阵才适应眼前的黑暗。

被重击过的后脑勺还在隐隐作痛。

在我办好登机手续时，李纱告诉我，她因为一些事情耽搁了，不能跟我一起去泰国。

“你落地就找我表哥好吗？”她说，“我跟他说好了，他会去机场接你。”

现在，她就在跟一个人激烈地争执，那个人的声音听来有些耳熟。是小贷公司的人吗？我拼命回想。

“不是说让你跟他一起上飞机的吗！”那人说，“就差最后一步，之前的功夫全都白费了！”

“我怎么知道他上了飞机还要跑下来？我又不是神仙！我要是神仙，就不会让你二十倍杠杆去炒股了，我们根本不会落到这一步！”

“你还有脸说我，你自己又能好到哪儿去，石家庄一枝花你装什么白富美，我要不是被你骗了，早娶了我妈领导的女儿了，人家三环里有五套房子，你呢？”

这到底是怎么回事？我的第一个冲动，居然是冲上去痛殴这个男人，因为他居然敢侮辱李纱！

可是李纱的回答却让我心头再度一沉。

“好了，现在怎么办呢？我真的，我一直盯到他办了登机手续，我以为……现在怎么办呢？”

那卑微的口气，真的是我的女神吗？她一定是受到了胁迫！

“唉，麻烦，先让他把钱拿出来。”

“我刚找到他的卡了。”李纱迟疑地说，“密码先别问他，就试下我的生日吧。”

眼睛被蒙着，手脚都被什么东西绑得死死的，嘴上封的，我感觉是胶带。缠绕鼻端的是浓烈的烟味，李纱身上的那种烟味。我努力地回想着，自己现在是在哪里。

登机以后实在忍不住又跑了下来，到医院去询问老婆是死是活，医生还在盘问我身份，我被李纱一个电话叫到了郊外……她好像告诉我说，领导的工程还有一点剩余的物资，我们可以卖掉换点钱……事情到底是哪里不对劲？我的后脑勺又痛了起来。

现在我是在哪里呢？听声音应该是在某个建筑物内部吧。

“你不是说他特别讨厌他老婆，根本不管她死活吗？你以为你真的是天仙啊，啊，我为什么被你这种人给套牢了，你根本什么事都办不成！”

“你呢，你又办成了什么事，我说买房你偏要炒股，才搞成现在这样！”

这两个人互相埋怨的口吻，就像是电视剧里落魄的夫妻，李纱的声音又高又尖锐，但每到关键时刻，气势又会一下弱下去。

难道小贷公司的人是李纱的老公？到底是怎么回事？

“卡已经被挂失了！你这个废物啊，现在全完了！”

是谁挂失了我的卡呢？难道我自己在昏迷时不知不觉这样做了？

“那现在怎么办啊！”李纱的声音里带上了哭腔，“不然我们俩一起去泰国吧。”

“你白痴啊，一穷二白逃到泰国去，我为什么不干脆留在北京啊？我在这好歹还有份正经工作吧？”

“那我怎么办，他会不会去告我……”

“你被告得还少吗，不是一直都没事？”这时候，男人的声音忽然带上了一丝恶意，“实在没办法，你跟了他不就完了吗？”

“我跟他？你开什么玩笑？”

“说实话，他有什么不好？对你一心一意，工作不也不错吗？我们单位那些男的，不是我说，就是有个北京户口，有个事业编制，多少年轻小姑娘投怀送抱，我看个个都比你强。”

这话听起来更加熟悉，我的心忽然要炸开了，这是我的领导！

原来，原来……不能相信的事实一下在大脑里炸开，我的后脑勺又剧烈地痛起来。

“我死都不会跟这种恶心的人在一起的！”李纱尖叫道，“明明结婚了还在外面搞三搞四的，还觉得自己特别纯情，我碰到他我就想吐！”

从脸上划过的滚烫的东西，是眼泪吗？

但是，我却只想笑。

如果不是嘴被封住，我一定会笑得很大声。

“什么声音？”

“你别疑神疑鬼。”领导说，“我给他揍的那一下，他三天都醒不过来。”

你也别太自信了啊！我已经醒来了啊！

“那现在怎么办啊？他是不是都发现了？”

“你说呢？不发现他会去挂失卡？你把他带到这来的时候，有人注意吗？”

“没有。你什么意思？”

“我什么意思？反正去泰国也是杀，在这里也是杀。”

“被人发现了怎么办？”

“放心吧，这种荒郊野外……”

我知道自己在哪儿了。

之前说要投资的时候，李纱带我考察过“工地”，感觉已经靠近河北了，在一个山区里人迹罕至的地方，已经打好了地基，旁边屋子也盖好了几间。

我当然看不懂那到底是不是佛寺，但当时那种情况……我丧失了判断力，也是情有可原。

也许我当时就感觉到不对……但我潜意识里，期待着“如果这一切是真的就好了”，因此绝对不会去追问。这就是我的人生，在这些关键之处，细微地偏离了方向。

大概只偏离了十五度吧……距离我原先计划与老婆共度的生活。

老婆，对不起。想必你在医院的急救间里，也已经死得差不多了。

我们来世再……

可是如果在这里杀掉我，几年没有人收尸，我会不会变成孤魂野鬼？到我投胎的时候，老婆应该也早就跟别人跑了。

不知道为什么，我丝毫不能感觉到生命即将结束的紧迫，脑子里尽是这样的胡思乱想。

直到有人狠狠掐住了我的脖子。

“能不能伪装成自杀啊……”旁边是李纱怯懦的声音。

“你他妈少废话！过来搭把手！”

我用力挣扎，意识却很快变得模糊。在濒死的混乱思绪中，我听见……

我听见了一串遥远的笑声。

掐住我的手好像松了。

“到了吗？到了吧，我闻到烟味。”

“要快点了。卡挂失了，对方感觉不对，恐怕就会杀人灭口。”

“跟挂失有什么关系，人家本来就没想让他活。”

我拼命吸了几口空气。上方有敲砖头咚咚的声音。好像有谁被卡住了。

“这种楼通风管道明明应该都很宽的嘛。”听见一个不满的声音，“啊，施工又没达标！比俄罗斯方块差远了！”

“明明可以砸门进去，为什么要爬管道啊！你们也太追求效果了吧！”

“总之是过来了啊！”这个兴高采烈的声音，就像我们第一次见面时那样开朗。

眼前还是一片黑暗。同样的黑暗既包围着我，也包围着妻子。

我想象妻子在那黑暗的地方，健壮的双腿一定爬得分外敏捷。

30、50、70

>>> Part Five

我是不打算再回北京了。这是一个严肃、认真、成年人的决定。已经二十九岁，这样跟着人打零工决非长久之计，虽然收入尚可但绝对买不起北京的房，随着年龄增大，也必然被更年轻、技术更好、能做出更漂亮 PPT 的人取代。

1

“你赶紧来医院一趟。”

“怎么了?”

“你外婆又在医院打医生了。”

等我到了医院，才发现这是一个小型骗局。不，不是说我外婆没有打医生。而是“来”和“去”的微妙差异。

我妈给我打电话的时候，我还躺在床上。没有仔细分析她的话，以为她也在医院等着我，因此洗了一把脸就匆匆赶过去了。结果到了医院，妈妈根本不见踪影。外婆半坐在病床上，见我到了，很轻地喊了一声：“娟娟。”

看她这副乖巧的模样，很难相信她刚刚打了医生，并且险些掀去了医院的半张屋顶。

不过，还是有蛛丝马迹，我一低头，就看到地上有残留的菜叶汤汁的痕迹，很容易想象刚才在这里发生了一场混战。

外婆确诊老年痴呆症已经半年了。半年前，也就是今年差不多四月份时，妈妈哭哭啼啼地打来电话，我还以为外婆已经去世了。得知是老年痴呆症，我松了一口气。

那时候，我自己正好也遇到了一些事，想放弃在北京的发展回到家乡。既然已经有了这个想法，再听到外婆的病情，我就迅速地行动起来。首要的事情是先回老家，买下一处带家具和家电的小二手房。然后是搜寻到合适的长途搬家公司，把所有的家当打包运走。把北京的公寓转租，签好合同拿到余款之后，买机票飞到老家，行李也刚好到达。收拾行李、添置一些日用品，所有这些事情处理好，我把一切都安顿下来，时间大概过去了两个月，我从北方干燥的春天跨到了南方闷潮的初夏，就这样，回到了自己出生、长大的地方。

这番折腾之后，工作六年的积蓄差不多消耗一空。

“娟娟。”外婆又喊了我一声，“你不是在北京吗，怎么回来了？”

“听到你打医生我就飞回来了！”我说。

“是他先骂我！”外婆一改跟我说话的温柔口气，很凶悍地反驳。

几个月来，我和妈妈分别照顾着外婆。

因为外婆不肯让我们给她雇保姆，很难说这是她清醒的坚持还是病中的执拗，因为她本来就是一个固执的女人。为了她的这个决定，妈妈可没少抱怨。“年轻的时候打打骂骂，到老了还要折磨子女！”妈妈在我面前这么说过。但其实，外婆并没有太过折磨我们，我和妈妈要做的，就是轮流每天去她住所一次，送饭，并且收拾房间。

不管是痴呆还是清醒，外婆都算一个很爱干净的女人，所以，我们要做的活也不算多。

这一次，外婆住院，倒不是因为老年痴呆，而是煤气中毒。

幸亏天气还不冷，厨房的窗户开着。但是，邻居报警后我和妈妈分别从住家赶过去的时候，外婆已经昏迷在床上，大小便都失禁了。

那天妈妈比我先到。等 120 的时候，她一直在哭，见到我就哭得更厉害。

“都怪我！”她呜呜地说，“都怪我，我应该坚持给妈妈请个保姆，就不会这样了。她要是就这么走了我可怎么办……”

这种哭诉非常不理性，而这就是我的妈妈。

如果要我说，她在她的一生中，都几乎没有过什么理性的时候。

外婆送到医院以后，出乎意料，恢复得很快。大概她原本就身体很好的关系。而且，外婆原本脑子也灵光。年轻的时候，做了市里食品店的会计，虽然没有什么大油水，但小处占便宜肯定有一些。妈妈就一脸厌恶地说过，外婆曾经让她背着筐子去食品店装糯米，上面盖着青草，别人看见了，就说是割草回家喂鹅。

“那时候大家都很穷，她这就是贪污！”妈妈说，“而且，我们家根本就没有养鹅。”

妈妈这么控诉的时候，大概是因为刚刚在午饭的菜色上大获全胜，外婆居然没有被触怒，而是一脸的怡然自得。

那天是星期天，是我和妈妈的分工中都要去看外婆的一天。午饭吃了炸丸子、糖醋小排、冬瓜骨头汤和干炒花菜。记得特别清楚，是因为要吃得这么油腻，妈妈和外婆还吵了一架。

“妈你也别这么说，外婆要是不贪污点，她一个女人怎么养得活你跟舅舅。”

外公，在妈妈很小的时候就去世了。

舅舅去了美国，走的时候把自己的房子留给了妈妈，大概就是让她从此照顾外婆的意思，从此以后，除了逢年过节打打电话回来，就算是失去了联络。

妈妈离婚以后就住在舅舅的房子里。这是十年以前，我刚考上大学时候的事了。

妈妈之后就很喜欢对我说，其实她早就知道爸爸在外面胡来，但为了不影响我的学习，就一直忍着。我反而觉得这是种无谓的牺牲，因为，我早就知道了！

总之一句话，这就是我的家庭。所以我自己后来出的事情也不足为奇。

2

我给外婆办了出院手续。

去找主治医生签字的时候，他不在，在的是他带的住院医生。

“你就是，啊，你就是……”

“我就是，怎么了？你为什么要骂我外婆？”看到他的白褂子上还有一大片油腻，我恶人先告状地嚷了起来。

“老人家非要吃回锅肉，我就劝了几句……”

“你们医院还有回锅肉吗？你们怎么能给病人吃回锅肉？”

“不是我们医院的回锅肉，是隔壁床家里人送来的回锅肉……你外婆，非要吃人家的回锅肉……”

想到外婆当时蛮不讲理、凶神恶煞一般的场景，我实在忍不住，“噗”的一下笑了。

他愣了一下，也笑了。笑完之后说：“这个要你主治医生签字。”

“你签不行？”

“这个绝对不行。”

“那我就放着她一辈子不出院了啊，谢谢你们照顾。”

他大惊失色地看着我，惊得非常真诚。我只好又笑了：“我跟你开玩笑的，哎！怎么可能不出院。再不接她出院的话，这个医院可就保不住了。”

“那倒也不会……”

“所以到底能不能代签？”

“……真的不能。”

“那你快打。”

一看我好像又要跟他吵架，他举起手机：“我给老师打电话！打个电话确定不行吗？”送外婆回家的路上，她一直在嘟嘟囔囔，抱怨医院这不好那不好，每天打那么多药都是骗钱，吊瓶里肯定都是些葡萄糖，抱怨饭菜差，医生不准她吃饱。

说到吃，我想起来问她：“你半夜三更的为什么要起来开煤气！

不是饭菜都给你做好的吗？放微波炉里热一下不就行了！”

“你懂什么！”她不屑地反驳，“微波炉热出来的东西不好吃。”

“你再这样我把天然气给你停了！”

“你敢！”

“你看我敢不敢！”

外婆不做声了。

唉，外婆也跟世人一样，是欺软怕硬的家伙。

然而，我喜欢外婆。或许比喜欢妈妈还多。

跟妈妈相比，外婆也更关心我。这次离开北京回家，原因是什么，妈妈问了一句被我凶回去，就再也没提起这个话头。倒是外婆，虽然时而糊涂时而清醒，但清醒的时候，便会十分地关心我的生计。“你在北京是干什么的呀？”我告诉她，我跟我的搭档给企业做成品检测，他负责揽活，我负责出报告。不知道外婆是因为本来就听不懂，还是因为得病了记不住，这个问题反复地问了我二十几次，而且每一次问完，都要再加一句：“那你回来还能挣到钱吗？”我说，不能。她就唉声叹气：“那你还是回去吧，别待在这变得跟你妈似的。”我心情好的时候就说“没关系我还有钱”，心情不好的时候就回“我妈怎么了！”她就不出声了。

从小就是这样，我只要一凶，外婆就偃旗息鼓，所以我是我们家最凶的人。

不过，凶归凶，我也的确要考虑自己的生计。

存款快要见底，工作没有着落——这也是意料之中的事情，我们这个小城本来就不重视工业，以前还有家做热水瓶胆的工厂，现在连那家工厂都已经倒闭了。

前两天，工作搭档给我发来了邮件。先是说了一番多么怀念我们并肩作战的过往的话，关切地询问了我在家乡的境况，最后话锋一转：

“你的心情整理得怎么样了？我觉得，你也不能永远走不出来吧。”

我的心情，看到这句话，就咯噔了一下。果然他之后就委婉地说，如果我确定不再回北京，那么他也就要开始寻找一个新的搭档，之前用过的几个兼职都不错，其中也有愿意离开原来公司跟他单干的，他也不忍心让别人失望云云。

我合上电脑，走进厨房。那天，是轮到我给外婆做饭的日子。

相比妈妈在厨艺方面的能干，我做饭的诀窍就是把一切都炖得稀烂。

3

“你妈没来啊。”打开家门，外婆就失望地说。

今天是星期天。这一天，按照之前的约定，应该妈妈也来外婆家里，她做饭，我打扫，吃完饭以后三个人一起聊聊天。

“是没来。怎么了？我妈就不能有一点自己的生活吗？”我不动声色地说。

“你不要老护着你妈。”

“我护不着她。”

“她肯定是谈恋爱了。”

“有可能吧。”我说，“那吃什么呢？我不想做饭，叫点外卖怎么样？”

“我想吃面条汤。”

“那我找个面馆好了。”

“我说的面条汤！”

外婆的怒气是突如其来的。忽然之间，我凭借本能知道，这时候不该跟她硬顶。

“我哪里会做什么面条汤嘛。”我说，“那你教我做好了。”

“我不教。你妈会做，你问她。”

说完这句话，外婆就进了里屋。隔着门帘，我看见她径自躺在了床上：脸朝里。

出事那天的床单都已经扔掉，不知何时，床上已经换上了淡紫色、上面有大朵百合花的床单，一看就是我妈的品味。

我打电话给我妈：“外婆说要吃面条汤。”

没想到她断然拒绝：“我不会做那个。”

“她说你会做。”

“她记错了。”妈妈说，“是她给我做的，就做过那么一次。”

那一次，是在外公去世以后。妈妈当时十岁，已经要承担一部分家务。早晨，她要第一个起床，通好火，洗好米，倒进铁饭锅焖上。等外婆起来炒了菜，就可以带好到学校去吃的午饭。妈妈总是抱怨外婆做的菜难吃，所以，当她有了更多自理能力的时候，就宁愿辛苦也要自己做菜，而外婆呢，不说欣然，至少也是十分自然地接受了这个事实。我唯一困惑的是，照理说来，这样长大的妈妈应该性格十分坚韧才对，可我记忆中的她，除了厨艺很好，对生活的态度就是没主见加爱抱怨。爸爸出轨的事情也是。她根本不知道自己是要坚决断绝、挽回家庭还是忍气吞声，几种态度交替着出现了几轮，跟除了我之外的所有人抱怨，最后离婚的时候，也就跟我爸差不多成了仇人。

有这么一个妈，我后来出的那点事儿，简直可以说是情理之中了。

对于妈妈出乎意料的性格，外婆有过一针见血的评价：“你妈妈，喜欢做饭不是因为别的，就是因为想自己吃口好的，喜欢享福啊，这点像我。”

妈妈也是这么说的，说外婆日子再苦都要享福。比方说，冬天去上班之前，她要烧一壶开会烫烫脚，这样一天脚都不会冷，也不会长冻疮。

“但是她就从来只烧够她自己一个人用的水。”对这一点，妈妈至今仍然耿耿于怀。

跟她们俩相比，我算是一个完全不知道“享福”两个字怎么写的苦行僧。

“妈妈说她不会做什么面条汤！”我捂住电话，对里屋喊。

里屋一点动静都没有。外婆没有翻过身来。

这时候，妈妈忽然在电话里说：“你等等，我想起来怎么做了。”

4

我去旁边的利民超市买制作面条汤的材料。

说得那么玄乎，其实材料都很简单，就是挂面、姜、鸡蛋、胡椒、葱花、豆豉而已。

当然，妈妈也只是凭着记忆，大致做了点指导。因为她这一生也只吃过那么一次面条汤。

结账的时候，排在我前面的那人，买的东西堆了满满一购物车。

小城市就是这点烦人呢，一到吃午饭的点，小超市就只剩了一个收银口。

我拍了拍前面那人的肩膀："你好，能不能帮个忙……"

他一回头，看着我，咧嘴笑了。

我一怔，他用手捂住了下半张脸。倒不是他的长相，而是他的这个动作提醒了我。

"你是……"

他就是那个不懂得开玩笑的住院医生。

"你怎么会在这儿?"

"我就住这。"

"你不是上班吗?"

"星期天我就当半天班。"他说，"怎么了，规培生也是人啊。"

一个小时之内，他的幽默感似乎获得了少量提升。我有些讷讷，不好意思再说请他让我先结的话。倒是他，看了一眼我筐子里的东西，主动提出："要不你先结吧。"探着头看我一样一样拿出东西，他忽然问："你是要做面条吗？病人吃面条好。"

"不是面条，是面条汤。"

"面条汤？没听说过。应该挺好吃吧。"

好吃？我实在无法想象。不过，这种食物应该是我可以驾驭的。因为它的要诀，就是把姜、豆豉、胡椒都在炒热的油锅里磨碎，倒进汤之后，把鸡蛋打碎放进去，把面条煮到几乎融化。

妈妈说，有一次她做饭的时候不小心把一锅水打翻在了煤上，为了掩盖这个错误，她又打开炉门加进木柴生火……醒来的时候，外婆泪眼婆娑地坐在她的身边。

"就那次给我做了面条汤。"她说。

当时，她觉得很好吃。简直是外婆做菜史上的最佳发挥。面条汤的滋味鲜香扑鼻，汤就像光滑的绸缎一样滑过嗓子眼。

吃完那碗汤，精神好像就回来了。之前的抱怨啊、眼泪啊，就像也一起溶化在汤里了一样无影无踪。

"但是我后来想，她可能只是不小心煮过头了而已。"

我拎着面条汤的材料，走到楼下的时候，规培生跟了过来。

"你跟踪我啊？"

"不是，我就住楼上。"

"如果你不住这儿我可就要报警了。"

"随便。"

在秋日淡淡的阳光下，他那一刻的笑容显得格外天真无邪。

“我真的住楼上啊，经常看到你来给你外婆送饭。”

“呵呵。”

“你是从北京回来吧?”他说，“为什么要回来呢？听你外婆说……”

天哪，这个老太婆怎么还学会了跟邻居扯闲话！

“我外婆有老年痴呆，她说的话你可不要当真哪。”

“也是。”这年轻人说，“你外婆说，你是因为搞婚外恋，在北京待不下去了，才回来的。”他嘻嘻地笑着，“我可喜欢跟你外婆聊天呢。”

他这番话，很难认为不是对我在医院行为的恶意报复。

“她还跟你说什么了？我一起辟谣。”

“没说什么了。”他小心谨慎地思考了几秒钟，最后这样回答我。

5

我做的面条汤，外婆才喝了一口，就放下了碗。

“难吃。”她评价道，“叫你妈过来。”

“我妈过不来。”

“谁说的，她一天到晚闲得没事干。”

这倒也是事实。因为单位政策要引进更多年轻人，我妈三年前就办了内退。内退，可以说是“被内退”，在我妈的人生中这是一个惨重的失败。但这也是她自己造成的。她刚开始进文化局的时候，因为长得漂亮、眼睛大而很被领导器重，明明可以有往上爬的机会，据说领导升迁时要带她去省会，但她自己放弃了。跟我爸当时在恋爱是一个原因。我爸年轻时是一个很帅的体育老师，舞也跳得好，不是那种闹着玩的交谊舞，而是可以后空翻的那种……在舞台上可以表演的那种吧，我只会这样形容。我上学之前，还跟着妈妈一起去看过爸爸排练舞蹈，参加市教委的汇报演出。谁能想到，我爸以后会变成那样呢？

谁能想到生活会变成这样呢？

那天晚上，因为担心外婆还没有恢复好，一半也是担心她晚上又去开煤气炉，我决定留在外婆家睡觉。从阳台的储物柜里抱出棉被，铺在了沙发上。

晚饭还是叫的外卖，这附近新开的一家韩式炸鸡馆。虽然医生说要吃清淡的东西，但我还是不得不在外婆的吵闹下妥协了。“谁说生病就要吃清淡的！天下没有这个道理。”外婆振振有词。

可那个炸鸡实在太难吃了，我吃了一块就再也吃不下。那才不是什么韩式炸鸡，而是滥竽充数的便宜货，吃到嘴里一股面粉味儿。我在首尔吃过好吃的炸鸡，不管是原味的还是甜辣味的，外皮都又酥又脆，包裹着鲜嫩喷香的鸡肉，热乎乎的一点也不觉得油腻，那一顿饭我和同去的人一下花了两千块。

三线城市连好吃的炸鸡都吃不到。我跟外婆这么抱怨，结果她不屑地说：“我们那时候的鸡不管怎么做都好吃。现在的鸡是不行了。”

中午的面条汤全倒了，难吃的炸鸡她倒是吃了个精光。我在沙发上躺下时，听见里屋的她很快就打起了呼噜。

我睡不着。打开手机查邮件，未读信件一封也没有。合作伙伴没有再来信，也许是把我的沉默当成了许可，现在没准已经跟新人谈好了合作的价钱。这么想来多少有些怨恨，感到自己以前毫无私心，好几次别人挖墙脚都严词拒绝，原来也没什么用，换不来一丝人情。可是转念一想，计较这些已经没有了意义。

我是不打算再回北京了。这是一个严肃、认真、成年人的决定。已经二十九岁，这样跟着人打零工决非长久之计，虽然收入尚可但绝对买不起北京的房，随着年龄增大，也必然被更年轻、技术更好、能做出更漂亮 PPT 的人取代。

真头疼啊，人生。我想了想，回了一封礼貌的邮件，说明自己因为外婆生病，至少几年内都不会再回北京，可能我们的合作关系无法继续了，真是遗憾，如果什么时候能在我们这个三线小城开展业务，一定要记得我啊，诸如此类的话凑足了两百字，“发送”键按下去的时候，又是难过，又感到一阵轻松。

第二天早晨，我是被妈妈的开门声吵醒的。

醒的那一刻不知道自己在哪儿，差点从沙发上掉下来。拿起身边的手机一看，才七点多，又安心闭上眼睛继续睡。可是，厨房里一阵叮铃哐啷，再加上妈妈走来走去，实在是睡不安稳了。就跟小时候放寒假时一样，明明想在被窝里再赖一会儿，可妈妈走来走去的，不知哪有那么多东西要收拾，就是让人必须得起床。

果然，没过一会儿，她走过来，刷一下从我脑袋下方抽走了枕巾。

“没事，这个枕巾该换了，你继续睡。”

睡不成了，啊。厨房里飘出来一阵香气。是烧麦。薄薄的面皮，裹着炒好的糯米饭，在蒸锅里发出香味。糯米饭里有酱油肉丁和切成条形的枣肉。我翻身一下坐起来。烧麦，一般天气凉了才会给我做。我拉开窗帘，果然感到了一阵扑面的冷空气。

早饭是烧麦配牛奶。如果说烧麦最最可爱，那么牛奶就是最讨厌的食物，我宁可喝白开水。我妈明明知道我讨厌喝牛奶，但她这人就是这样，费心费力，可就是拒绝让你百分之百地舒心。

不舒心的事情接着又来了。

她用一种欲言又止的口气说：“你回来也这么久了……”

“嗯。”

“有没有什么打算？”

“有啊。”

“能跟我说说吗？”

我犹豫了一下。直接回答“不能”，我妈的一天就毁了。

这时候，外婆插了一句：“你昨天干吗去了？”

妈妈一怔。

她这辈子也没学会直接甩出“不要你管”这句话。看着她期期艾艾的样子，我不禁有些过意不去。

“不要问啦，我妈也有个人隐私啊！”

谁知道，她气得一下站起来：“我有什么隐私！我可没什么不能见人的事！”

推开面前的牛奶杯，她跑了。

“都怪你！”我对外婆吼道。

“我也没做什么不能见人的事情呀。”外婆一副“你奈我何”的嘴脸，悠然喝了一口牛奶。

6

妈妈“不能见人”的事情很快弄清楚了。

她跟原单位的领导搞起了婚外恋。

这件事情，我是无意中得知的，但也可能别人就是有意来告诉我的也说不定。这件事，可真让我哭笑不得：都已经内退了啊！还真不会找时机。

但是，准备跟妈妈谈之前，我忽然想到了一个更可怕的可能：难道是因为跟领导搞婚外恋，所以主动要求内退的吗？

依照妈妈的秉性，她完全做得出来这种事。

本来这天没轮到我去外婆家。过去的时候，外婆好像很不高兴：“你来干什么？”

“我等我妈。”

因为她一直不肯接我电话。我又没有批评过她啊，奇怪了，女人的脾气。

中午十二点她过来了。拎着保温桶，看见我在，放下就走。

“等一等啊，妈。”

我在楼道里追上她。

“妈，我没有要说你……”

“你就是要说我。”

她用挑衅的眼神瞪了我一眼，马上自己又软了下去，快步跑下了楼。

我没再去追了。跟自己妈妈讨论这种事……就跟要向她坦承“我已经不是处女”了一样，感觉总是难以启齿。

如果能跟外婆说这件事就好了。如果，外公还在就好了。这样的事情，在我来看，就应该是父亲训诫女儿。可现在，没有，谁也没有。

返身回了楼上，推开门，外婆正津津有味地吃着妈妈送来的饭菜。

软炸泥鳅、芋头排骨萝卜菜。

外婆特别喜欢吃糯米、芋头这样软软的东西。

“你要跟你妈说什么呀？”外婆问，“是不是故意躲着我啊？”

“你管那么多干什么啊！”

“我说呢，”外婆吐出了一根骨头，“你还是管管自己的事吧。你什么时候回北京？”

“我不回去了！”我喊道，生气地出了门。

7

“怎么又碰上你了啊！”

我在新华书店的三层转悠，这时候有人走到我旁边，伸出手在我眼睛前面晃了晃。

是那个住院医生。怎么他今天又不当班吗？

“我来陪我女朋友买书。”他说，“你呢？”

“我随便看看。”

这个回答显然无法让他满意。“你要考公务员？”

“说了随便看看。”

“你考哪个部门啊？我女朋友也要考，不要恶性竞争啊。”

“我还不一定要考呢，不要紧张。”

“紧张肯定是紧张的。”他说，“听你外婆说，你是学霸。我女朋友很弱的。”

很弱的女朋友原来在书架的另一头，这时跑了过来：“曾平平你为什么又说我坏话！”

背着双肩包，看来是个应届生。

我为什么不在网上买书啊……趁他们打情骂俏的工夫，我走了。

我是想考公务员。真是讽刺。毕业的时候，我们班有一个考公务员的男生，女生集体看他不起。我们学校的材料化学专业就业一直很好，能进很不错的制造企业，而且出于工科生的偏见，觉得公务员就是成天不干正事。没想到，毕业之后，因为是女生，我也没找到专业特别对口的工作，后来因为偶然的机会，跟着同学的朋友做起了检测。他人在国外的实验室，虽然有客户资源但没办法在国内实地操作，就成立了一个小公司，我算是公司唯一的雇员。不用坐班，一个月开张两次，集中忙碌一个礼拜，赚的钱、如果不大手大脚地花，够生活几个月。那种日子真是悠闲啊……如果不考虑将来的话。

那个人，就是在这样的工作中认识的。他是一家大型国企的领导。

似乎是在认识那个人以后生活就变得糟糕起来了。首先是小公司的业务量锐减，合作伙伴那边语焉不详，我了解到是因为其他国外的实验室开始来抢生意。后来他也暗示过我几次，让我利用在当地的优势，开拓一些客户，这样的客户可以给我提成。可我一想，他应该是察觉到我跟“那个人”关系不一般，才会让我去做这样的事，于是便断然拒绝。这样一来他很不高兴，原本单纯的工作关系有了瑕疵，付起报酬来也没有原先那样爽快，说实话，就算我继续留在北京，这份工作可能也做不长久了。

这时候想要去找其他的工作，我觉得太晚了。一是自己已经习惯了闲散的生活，可能无法适应大企业和人际关系；另一个就是女生年纪大了再去找工作，从基层做起很难，而要让你进管理层，首先不太可能，其次一定会面对结婚、生子方面的刁难。再加上又出了那件事。之后，我便决定回到家乡。

只是，尽管我以为自己已经把回来之后遇到的困难考虑周全，实际的困难还是超乎我的想象。首先，在这种小城市找工作，很难通过正常的招聘渠道，而是要靠熟人介绍，可我在这里几乎已经没什么熟人。再加上这里工业水平本来就不发达，近年来其实日渐凋敝，连房地产都一蹶不振，我用三千出头一平米的价格买下市中心的小公寓就是证明。想来想去，在这种小地方，只有考公务员是最理想的出路，趁着没到三十岁，确实还可以搏一把。我当然知道想进好的政府部门，远不是说考个第一名这么简单，但我想，如果成绩过硬，到时候再厚起脸皮托托中学同学，进个社保之类的冷门单位应该也没什么问题。

所以，其实前两天我已经在网上报好了名。

考不上的事情，我没有去想，想得多的倒是考上以后的生活。考上以后，也就没什么生活了吧……每天正点上班，正点下班。回家看看电视，上上网。虽然年纪大了，但总归会有人给我介绍对象，我都想出法子来，礼貌地推辞掉，实在推不掉就去见其中的一两个。这种事情如果总不成，别人也会有放弃的一天。那时候我可能快四十岁，然后，过了四十岁，差不多一切就完了。

这样就好。

8

晚上，我还是决定回外婆家睡。拎着一袋肯德基的炸鸡翅走回去，打开门却发现，屋里一片热气欢腾，妈妈、外婆，还有那个小医生，三个人围坐在桌前，好像已经开始喝酒。

这不是瞎胡闹吗！

“是甜酒，度数很低的，秋天喝对身体很有好处。”见我过去，脸色酡红的小医生立马站了起来，“张奶奶特别热情……我……不好意思……”

说完这句话，他就溜之大吉。

“你们这是干什么呀！”确定他已经走上了楼梯，我一下发了脾气。家里的事情还不够多不够乱吗，这时候还有心思喝酒！

“你外婆非要喝。”妈妈淡定地说，由此我判断她已经喝多了，“你坐下，我有话对你说。”

桌上有我喜欢的清炒藕片和酱板鸭。坐下之前，我先去厨房盛了一碗饭。

“昨天……”

昨天，就因为我不小心说了句“我妈也有隐私”，我妈气得饭也没吃就跑掉了。

“昨天我问你，对将来有什么打算。”我妈接着说，“我建议你考公务员。”

“不考。考不上。”

“分数差点也不要紧。我跟你瞿伯伯说了，只要你能考过分数线，他就找人把你安排到地税去。”我妈一边说，一边小心地看着我的脸色。见我没有什么爆发的意思，她才犹犹豫豫地往下说：“你不要听别人瞎说的那些，我和你瞿伯伯……”

“妈你别这样。”

听我这么说，她好像吓了一跳：“别哪样？”

“你干不来这样的事，好吗？”

妈妈怔了一下。

“真的，你干不来这样的事，快醒醒吧。”我说，“世界上这种事情多了，我一点都不觉得你做错了什么，但是你这样下去会受伤的。”

“什么？受什么伤?”外婆忽然嚷嚷了起来，声音大得让人烦躁，“你们在说什么啊?”

“你别插嘴。”我说，“我跟我妈说话呢。”

“你怎么对外婆这么没礼貌!”

“我怎么没礼貌了，你不要转移话题。我跟你说——”

“你没资格说我。”

“你再说一遍?”

“你没资格说我，王娟娟!”妈妈歇斯底里般大嚷起来，“我没什么对不起你的！我很对得起你了！要不是你，我早就跟你爸离婚了！不用忍那么多年!”

“谁让你不离的，你自己的事能怪我吗！你不要转移话题。”

“你、你怎么这么铁石心肠……”

话音还没落，妈妈的眼泪已经刷的流下来了。她双手捂着脸，仿佛悲痛欲绝地哭了起来。她一哭，外婆也跟着呜呜咽咽：“这是什么事啊，作孽啊，都怪我这个老不死的……”

“行了。”我说，“都别哭了。”

“你也不用这样，王娟娟，我知道你看不起我。”妈妈擦了一把眼泪，冷冷地说，“你的事我再也不管了。”

她伸手，“哗”的一下把我的碗倒扣在桌上，昂起头来走了。

9

妈妈曾经离家出走过一次。

这件事我本来已经忘了。是在我十一岁那年，那年舅舅还没有出国，不过被借调到外省，外婆也跟着去住了一段。这点我倒是记得很清楚，因为爸爸去找妈妈的时候，把我放在了一个阿姨家，让她照顾我。

爸爸和那个阿姨的关系，是很多年以后，我忽然一下子明白过来的。当时只是觉得，阿姨用一种奇怪的、怜悯的姿态关切着我，一直问我要不要吃这个那个，搞得我很不舒服。我当然在哭，因为妈妈在家里留了信，说随便去哪里都可以，总之再也不会回来。当时我想妈妈如果不回来我也去浪迹天涯。

但是，妈妈很快就回来了。爸爸原打算去外地找，但其实她一个人坐在长途汽车售票大厅里，哪里也没去，什么票也没有买。当时我们市里，有开往昆明、成都、北京、杭州、上海、桂林等各个方向的长途汽车总共十几班。我想妈妈应该是到了售票厅里才明白，“随便去哪里都可以”只是一种理论上的可能。实实在在的情况，是她没有哪里可以去。

妈妈回来以后，家里有很长一段时间气氛很压抑。妈妈整天不去上班，就在家里躺着。爸爸每天都很早回来，沉默地做饭、收拾屋子。爸爸做饭实在太难吃了，妈妈也不怎么动筷子，总是懒懒地吃几口就回了房间。而我自己呢，则不知道出于什么原因，每顿饭都吃到精疲力尽，不管爸爸做了多么难吃的饭菜，我都一扫而光。

那段时间我好像长高了，还一下子胖了很多。有一天我放学回家，妈妈从房间里走出来，看见我，忽然惊叫了一声。

怎么了？我摸不着头脑。妈妈指着我，有些惊慌失措地说：“你，你快把裤子换下来。”

换下来的裤子后面红了一大块。

“你怎么这么早就来这个了。”妈妈的语气似乎有些厌恶。她从屋子里拿出一包卫生巾，递给我，什么也没说，我懵懵懂懂地，忽然也就明白了发生什么事，也在那一瞬间，无师自通地搞懂了卫生巾的用法。

与其说忘了不如说不愿意想起。但是，妈妈今天冲出门时的背影，让我全盘回忆起了当时的心情。生活渐渐地恢复了正常，妈妈重新开始做饭，爸爸又开始晚归，外婆和舅舅回来了，给我们一家三口带来了礼物，我参加了小学毕业考试，获得数学语文双科满分，被全市最好的中学免试录取。妈妈离家出走的事情再也没有人提起，妈妈自己也从来不提，我猜是因为她觉得丢脸吧。但是，妈妈真可怜啊，想要逃跑却无处可去。当时我还没有明确的想法，但可能已经在暗中下定了决心：不管遇到什么情况，千万不要让自己变得像妈妈一样。

我已经去过很多地方了。高中毕业去了北京上大学，大学期间，自己打工攒钱去了云贵川，毕业那年去了台湾，工作过一段时间之后，去了泰国缅甸，后来收入更多就去了日本和欧洲。有时候独自一人去，也有几次是跟那个人一起。曾经一度，“无处可去”的阴影已经彻底远离了我。直到现在，我忽然发现，去过很多地方并且引以为傲的我，还是跟妈妈差不多。去过很多地方也不过只是假象罢了，事实上，我也依然是无处可去。

10

我在外婆家楼下等公车。车开过来了，这时一个小女生气喘吁吁地跑到了我的身边。

“姐姐!”她喊道，“你等等!”

是住院医生曾平平的女朋友。

“你有什么事吗?”我感到非常诧异，几乎怀疑她认错人了。谁知道，她伸手扯了一下自己的衣服下摆，扭扭捏捏然而口齿清楚地说：“姐姐，帮我个忙好吗?”

是关于考公务员的事。

她承认，她就是个学渣。公务员不是她自己要考的，是家里逼她考的，她非常抵触，之前一直没有复习，也没有信心能考上。那天在书店遇见我，她听男朋友说我是学霸，后来又听说我刚从北京回来，所以就想找我咨询，到底要不要考公务员？如果要考，那有没有什么复习的方法可以在几个月内突击的?

“我请姐姐喝咖啡吧。”

当时，如果我拒绝她就好了。因为她说的话里很明显有些逻辑漏洞。但是我当时就好像懵了似的，被这个小姑娘的甜蜜迷惑了。也可能是因为被她一提就突然真的很想喝咖啡。跟着她走进了一家咖啡馆，她问我："姐姐吃蛋糕吗？"我对着蛋糕柜台里张望了一眼，摇摇头。

"我们这里都没有好吃的蛋糕吧。"她乖巧地说。我赶紧否认："不是不是，我就是在减肥。""可是姐姐你一点也不胖啊。"她说。

咖啡端上来了。"两杯蓝山咖啡。"我喝了一小口。"姐姐你喝咖啡都不加糖和奶的哦，好厉害。"这样的话，忽然令我觉得尴尬无比。

"刚说到哪儿了？"我说，"你说你不想考公务员？"

"其实也不是不想考。"她忽然地改了口，让我觉得一阵莫名其妙，"我学的新闻专业嘛，又没什么用，现在报纸都倒闭了。考公务员还是最适合我的。"

我还没来得及接口，她又说："姐姐你一定觉得我特别没出息吧。"

"什么？我没有这么想啊。"

的确没这么想，因为我还不认识她啊。

"那就好，那我就放心了。"她一边这么说，一边手按着胸口，做出"放心"的模样，"因为我想姐姐你在北京生活了那么多年，一定是很厉害的。但是我没那么厉害，我感觉，我只要进个普通单位，顺顺利利结婚，生个孩子，一辈子幸福地生活就很好了。"

"你要结婚了？"

"嗯。"她说，"我们打算等我一毕业就结婚的。"

“那很好啊，恭喜。”我说，“那我请你喝咖啡好了。”

“不要不要，说好我请的。姐姐，你在北京上学的吗？你是做什么工作的呀？”

“我是做检测的。”

“听上去好厉害的样子！我都不懂诶。我理科都很差的。”

我不知道怎么接她的话，然而，这情形我并不陌生。只要保持沉默，对方总会把想说的话都说出来——这是一定的。

果然，她接着往下说了。

“其实，我跟曾平平认识也没太久。”

“哦。”

“我爸爸是卫生系统的，跟他们院长是好朋友。长辈介绍认识的，交往了快一年了。”她顿了一顿，“一开始我不是很喜欢他的，他这个人有点太木了，也没什么出息的感觉。不过，你知道我真的决定跟他结婚，是什么时候吗？”

“什么时候？”

“就是半年前我们刚刚搬来这里的时候。那天我们正在收拾屋子，忽然一个老奶奶推开门就进来了，还要把我们赶出去。”

这当然说的就是我那充满自信的外婆咯。我苦笑起来。

“老奶奶真的很凶的！我当时都吓哭了。我还以为是曾平平买房的时候被人骗了，其实房子是这个老奶奶的，所以赶我们。但是，曾平平一下子就发现不对了，他说这个奶奶可能是病了，可能是老年痴呆。然后不管她怎么骂吧，他就在那跟她聊天，搞清楚她原来住在楼下，就把她送回去，然后一直等到家人过来。当时我就想，这个人一定可以嫁啊，等我老了，他也一样是这样对我。姐姐，你说是不是呢？”

所以，昨天外婆和妈妈邀请他到家里喝酒，应该是为了感谢他吧。外婆的老年痴呆症是他发现的，而之前，妈妈只会打电话来，抱怨外婆的脾气越来越古怪。感谢他，是应该的。而我当时一看见他，就想到“不知道外婆又对他胡说八道了些什么”，大发脾气。想到这一茬，我脸上有些热辣辣起来。

“他在那以后也很喜欢跟老奶奶聊天的。”对面的女孩眼睛亮亮的，但有那么一点狡猾地瞅着我，“我有时候也会跟他一起去。老奶奶经常提到你的，所以，虽然我们还没有见过面，但我感觉，已经跟你很熟悉了。姐姐，你还会回北京吗？”

“我……我不知道诶。”

“要是姐姐不回去，我们以后就是邻居了。可以经常到我们家来玩啊！”小女孩笑眯眯地、天真无邪地说。

11

“今天晚上同学聚会哦，班长，你来吗？”

“我啊，我就不过去了。有点忙。”

“知道你是大忙人，不过，这个聚会就是为你办的。还是过来一趟吧，好不好。”

我犹豫了一下。

这点犹豫立刻被对方抓住了。“真的，不会太长时间的，我跟你保证。也不喝酒。我开车过去，结束以后送你回来。”

“那……好吧。”我说。

答应了之后，我立刻就后悔了。我的同学，留在这个市里的不多，而留下的大部分都是当年的学渣。其实我在北京的时候，也参加过一两次这样的同学聚会，家乡来的同学到北京办事，一个个走南闯北的过得好像很得意，而问到我的状况呢，没有正式的工作，没有房子、没有车，露出的那种暗自高兴的表情，我实在难以忍受。

如果不见同学，会觉得自己的人生还多少有些意义，见了同学马上就会觉得生无可恋。

之前，出于实际的考虑，刚回来的时候我也主动联系了同学，第一个联系的就是打电话来的这位。他叫邹军，是我们班长得最帅的男生之一，当年同学也传过我们的小绯闻，在线上我们也偶有联络，他一直对我还不错。

没想到，就是他第一个告诉了我妈妈跟前领导谈恋爱的事。

因为他也是公务员，好像是在一个管基建的部门，所以我理解，可能公务员内部因为生活极端枯燥，喜欢流传这些风言风语。我受不了的是，这不是一个还不到三十岁的男性应该做的事情，告诉我“你要多关心你妈妈”，这是一种典型的中年妇女行径。就跟我当年上小学的时候，我们班主任对我说“你最近要多和爸爸说，让他下班以后早点回家”一样，看似关怀其实充满了恶意。

这是生活在小城里的人们完全不自知的恶意。

不过，我还是去打一转吧，也许今后在这里生活，还是需要同学帮忙，这是没办法的。至于怎么脱身，我一点也不相信这种聚会能很快结束，但我有外婆这个万能的挡箭牌，并且在自己的包里放了两个手机。

聚会果然跟预想的差不多，参加的有六七个人，全部已婚，有两个还有了孩子。问我为什么要回来，我回答“外婆病了，回来照顾”，所有人理解地点头。“还是家乡好啊。”其中一个感叹地说。他大学毕业以后曾经去上海找过一圈工作，短暂地进入了一所语言培训机构，但最后还是回来了。其他人一边应和，一边公允地说：“但大城市机会还是多。”然后说起某某认识的人在大城市开公司、发财的故事，讲起某某去国外做生意的事，但这些机会，很显然与我无关，也许是我太过敏感，总觉得他们说“世界还是属于敢闯的人，成绩差的后来都混得好”这样的话，其实是对我的奚落。

我手机响了。其实，是自己偷偷在包里按下了拨号键。“外婆，怎么了？啊？好的好的，我马上回来。”

我一站起身，邹军也跟着站了起来。“我送你回去。”

这时候拒绝显得太造作了，所以，我忍受着他跟在我后面下了楼，走到了他的车旁。从某种程度上说，他还是遵守了诺言，刚才无论别人怎么劝，都一滴酒没喝。“你外婆住在解放路吧？”我点点头。他发动了车子。

“最近过得好吗，回来以后还适应吗？”

“还行。”

一路上，他开始向我问话，而这就是我一般不愿意坐别人车的原因。一路上要承担跟人说话的义务，避无可避。他问一句，我只能礼貌性地回答一句。

没想到，他忽然换了个话题。

“你是不是生我气了?”

“什么?”

“就是我告诉你了那件事。”他说，“后来我想，其实我不应该说的。”

“没有啦，不过我觉得这里面可能有点误会，我妈都退休了。”

“不过，你也跟你妈说，稍微注意点影响……”

我立刻打断他：“我妈的事我管不着。”

他有些讪讪。

“嗯。其实我没有你想的那么爱传这些事，都是我那位对我说的。她在文化局工作。跟我们一届的，不过在普通班。她知道你，也知道你妈。”

简直想说句“替我谢谢她”，还是忍住了。

“她中学的时候，很崇拜你的。对了，你妈妈内退的事情，她说她没参与。”

“什么?”

“就是决定内退人员的时候，为了显示民主嘛，文化局搞了一个内部投票。结果你妈得票是最高的，所以……”

是吗?

妈妈从来没跟我说过这件事。不过，也是在意料之中。没有任何依凭的我妈妈，只有长得漂亮，爱吃好吃的，爱穿漂亮衣服，不喜欢努力工作而喜欢玩，小时候经常把我一个人放在家，她跟爸爸一起去看电影……却没有嫁到一个有钱有权的男人，甚至失去了一个普普通通的男人，让自己的人生成为了笑柄。

“其实，退休也蛮好的。文化局看上去是清水衙门，其实因为有场馆的拨款什么的，里面斗得也挺厉害。”

“嗯，我也觉得蛮好。”

“退休以后人都会失落一阵子，所以，你回来挺好的，可以多陪陪你妈。”

他停下车，外婆家到了。这时候我想起来，其实我本意不是回外婆家，得等他走了以后再坐公车回去，所以下车以后，就很迅速地对他挥挥手说：“再见！”

谁知道，他不仅没有立刻走，反而自己也下了车，说“我送你上去吧”。

“不用！”我坚决拒绝。

“你还是那样。”他说，“一点都没变，凶巴巴的。”

我没有回答，但他忽然一把抱住了我。

我用力推开了他，脑子里一片空白。“我一直喜欢你，真的！”他急切地表白，好像还要有所动作，这时候，旁边响起了一个冷静的声音。

“你男朋友吗？”

“不是！”我回答，跟在他后面迅速地跑上了楼。

12

他递给我一杯热水。

“刚才那个真不是你男朋友啊。”

“说了不是了！是我中学同学，妈的。”

“你怎么说脏话呀。”他嗤嗤地笑了起来，“你去参加了同学会啊，不是吧。”

“是。怎么了？”

“没怎么，我就是觉得你不是那种会去参加同学会的类型。”

他说得对。我原本也以为自己不是那个类型。我原本以为，自己拼命学好专业，就能够不沾惹这些乱七八糟的东西而生存下去。

“我就坐一分钟，马上就走。”

“多坐一下没事，我女朋友今晚不会过来。”

“跟我有什么关系呀……”

“有关系的吧。”他说，“你以为没关系但其实有关系。我知道她去找过你了。”

“她问我考公务员的事。”

“她是不太懂事。其实呢，我已经跟她说过分手了。”

什么？我惊了一跳，不是说，要结婚了吗？

“我不知道她跟你说了什么。”看我这样，他耐心地说道，“我跟她要分手也是很谨慎的，毕竟我们院长跟她爸爸很熟嘛，但我就是觉得我们俩不太合适。”

“你说不合适就不合适啊?”

“你不要凶啊。”他说，“合适不合适，当然我最清楚了。我主要是觉得，我没法达到她的要求。我觉得我们对人生的看法分歧太大。”

“你想多了。”我说，“什么对人生的看法，根本就是无关紧要的。结婚是另外一个层面的事。”

“你好像很了解啊……”他嗤嗤笑了起来。我站起身：“我要走了。”

“我送你。”他说。

不知为什么，我没有拒绝。下楼到公车站的一段没有路灯，白天下过一点雨的路面，被月光照出发亮的小水坑。为了躲避水坑，我感觉他在我身边一跳一跳地走着。心里忽然生出一丝对他的怜悯，为什么呢，我没法解释。

“你啊，还是别分手啦。”

“为什么?”

“因为，年轻的时候总会觉得以后还会碰到更好的人，但那其实是一种错觉。有可能最开始的那个人就是最合适的，但错过了就是错过了。”

“这是你的经验之谈吗?”

“我不跟你讲了。”

沉默了一阵。

“你还会回北京吗?”他突然地问我。

“不知道啊。”

“别回去了。”他这么说，坚定的口气吓了我一跳。但他马上又接着说：“不过，我想过了。如果你一定要回，我也可以去北京的。”

“别胡说！”

“怎么是胡说呢。”他笑着，“我在追你啊。你没感觉吗？”

13

感觉？是有的。

但是，一觉醒来之后，那感觉也就烟消云散了。回来以后，我曾有一阵根本起不来床，早晨醒来，躺在床上，首先面对的就是“我已经失去了什么重要东西”的悲伤感觉，但那东西是什么呢？慢慢地，大脑可以自行说服，我并没有失去什么了不得的东西，人生还长，在二十九岁的年纪一无所有也算不得失败，我还没有完蛋，还会拥有事业和爱情，这样的说辞对自己重复上几十遍，终于能够爬起来，面对这个世界。

不过，起床的最大动力还是给外婆做饭。因为隔一天就轮到一次送饭，而外婆对吃什么特别龟毛，如果做不到就会跟我吵架，所以，我慢慢变得对做饭这件事有点上心。没有生鲜网上超市，也没有淘点点的送菜服务，只能去菜市场。要买到外婆要求的新鲜鱼虾就得一大早过去，蔬菜，如果不是快收市的时候买便宜的，被她问出来就会赌气不吃。牛肉打过水的不行。要买应季的蔬菜，秋天一到，丝瓜、苦瓜就不能吃。只有早餐可以去外面买包子或者面条馄饨，用搪瓷盆子装回家里吃，中饭和晚饭都只能自己家里做，西式餐点（包括麦当劳等）除外。外婆的生活里充满了各种各样的规矩和禁忌，非常烦人，一开始我也会抱怨，但一来二去，这些东西就像钉子一样钉进了我的脑子里。我慢慢意识到，这些都是生活中固有的、即便老年痴呆症也无法抹去的痕迹。相比这些，恋爱之类的感觉也好，情绪也好，都实在称不上有多了不起了。

这天也是这样。晚了！我从床上弹了起来。

“完蛋了！”

“怎么了？”

“要去买菜啊！来不及了！”

“我跟你一起去吧！”他嘟嘟囔囔地说，伸手抓衣服。

“不行。”

“为什么不行？外婆很喜欢我的呀。”

脸皮太厚了！我冲到早点铺买油条烧饼豆腐脑，他也跟了过来。“这家的豆腐脑不好吃。啊对不起，不是说你做得不好，是我的口味，我比较喜欢吃……”

“你闭嘴，我觉得很好吃。”

接着去菜市场。外婆好像前天说了，要买新鲜的毛豆煮了吃，还要剥一半出来做菜。但是转遍了整个菜场都没看到毛豆的影子。

“过了季节了吧。”他说，“外婆糊涂了。”

“这话你跟她说啊！”

“那就我跟她说好了。”他满不在乎的口气，“她很讲理的啊。”

说完这句话，猝不及防，他吧唧在我脸上亲了一口。

昨天晚上，本来说要去找我妈，但他说“去你家吧”，我也就答应了。我知道，那是因为我不敢去见妈妈，也不敢一个人待着，但给这种事找理由……没有必要。

早晨醒来，觉得一切都讨厌透顶，却连洗个澡的工夫都没有就得跑来菜市场。

“你要不买玉米吧，玉米和毛豆不是差不多吗？”

“差得远了好吗！”我吼道。

谁知道，他哧哧笑起来：“你这是在害羞呀。”

跟外表单纯无害的样子相反，他是个情场老手了，昨晚他也坦白了这一点。一开始我还以为他是为了不在我面前示弱而说起大话，但马上就发现，他可是诚实得吓人。

“我就是很讨女生喜欢啊。”他伸展着身躯，心满意足地说。

我气得踢了他一脚。

“但是，我也很困惑。被喜欢得太容易了，不知道别人为什么喜欢上我？我又为什么喜欢别人？”他翻身抱住了我，“喜欢你。”他在我耳边嘟囔：“好喜欢你啊。”

“……为什么？”我问，可他已经轻轻地打起了呼噜。

“我最喜欢你工作时候利利落落，讲起价钱来的时候寸土不让的样子。”半睡半醒之间，这句话、这个声音，好像在耳边响起。这是谁对我说的话？最喜欢我……中途好像被他推醒一次，“你怎么哭了，你在做噩梦吗？”

"别管我！"当时是这么回答的。似乎是这样，但也可能是在做梦——全都是做梦。我站在菜市场中间，忽然又想哭，再转眼看，他拎着一袋玉米，急急地跑过来了。

14

玉米排骨汤，外婆喝了一口就放下了勺子。

在我忐忑不安，不知道她又要出什么新鲜抗议的时候，她冒出了一句："你打算一辈子都一个人过下去了吗？"

"你管我啊。"我立刻顶嘴道。

"你对你妈太凶啦。"外婆轻松自如地转换到了下一个话题。

"你还不是一样！对我妈最凶的就是你。"

我这么说是有依据的。妈妈一直以来最喜欢说的一个话题就是外婆偏心。给舅舅读大学，给她只读到高中（其实是她自己成绩不好不想读），所有的家务事都她一手包揽，做不好还要挨骂，对舅舅却从来都是笑嘻嘻。

"你妈最近怎么样？"

"你自己去问啊。"

嘴上这么说，其实我是担心的。那天听邹军说妈妈是被投票选定内退的，我差点哭出来。是被他看出来了当时的难过、脆弱，所以他才会以为有机可乘吗……不管怎么说，我已经删掉了他的号码，并且把他微信拉黑了。

“你要去看看你妈啊。”外婆说。

“我会去的，你先把饭吃了。”

我这么一说，外婆就默默地继续吃完了排骨汤。

我去看妈妈了。但是，跑到她家里的时候，却发现家里没人。

我又回了自己家一趟，拿到钥匙打开门，心惊胆战地检查了煤气，推开卫生间的门查看浴缸，在卧室里趴下来检查了床底下，拉开了大衣柜的门。

我深吸一口气，打开了冰箱门——冰箱里收拾得干干净净，没有留下一碗剩菜和一片菜叶。

妈妈不见了。

就像十一岁那年一样不见了。

唯一不同的是，她没有留下一封信说她不再回来，但那“妈妈不会再回来”的恐惧，却像十一岁时一样，冲击着我的心胸。

我冲到楼下，伸开手脚拦下了一辆出租车。“去长途车站。”我这么吩咐司机，随即就完全顾不上他的眼光，号啕大哭起来。

15

Dear Joer：

展信佳。

之前的来信已经收到。说实话，我非常诧异你的决定。听说你家里长辈身体有恙，我也很难过。但你留在当地也不见得能对情况有什么改善。说句不中听的话，我外公也在几年前去世了，亲人的衰老与离世本来就是我们必须面对的功课，但我认为在这种情况下，我们还是应该优先考虑自己的人生。只有把自己照顾好了，才有能力照顾家人。这是我不仅出于一个工作伙伴，也出于朋友的角度对你提出的建议。

说到我们的工作伙伴关系，你之前建议中止。当然我完全尊重你的决定，只是，你能不能再考虑一下？我觉得，作为一个学有专长的女性，无论出于什么原因，中途放弃自己的职业积累，未免太过可惜。诚实地讲，之前我们服务过的公司，都对你的工作非常满意，听到你离职，纷纷跟我打听你的下家，也有希望说挖你过去做相应职位的。我自己的公司，虽然也有几个新的合作人选，但有些事情、有些客户，还是只有你能搞定。真的不打算回北京了吗？很少听你提过你的家乡，那个地方能否实现你的职业和抱负？盼你更慎重地考虑后，给我你的回复。

Yours sincerely

Emil Chow

我点下了删除键。

很久没看邮箱了，里面塞满了各种各样的广告。但我想，随着我的个人信息在那个城市消失，这样的广告总有一天也会慢慢变少……合作伙伴的消息也一样。

说是“出于朋友的角度”，但我跟他之间其实从来就没有什么友谊，他劝我回去的原因，虽然遮遮掩掩的，但我用脚趾头也能想得出来。

“有些客户只有你能搞定。”

这就是学会了外国人的虚伪。

什么“一些”，只是“一个客户”而已。

我知道，他会来这封信，肯定是那个人已经跟他问过我的下落，让他把我找回去，并且还许给他什么好处。

但是，我不会回去了。当我决定回老家的那一刻，就是把那一切全都埋葬掉了。

我收拾了一些日常用品，在傍晚时搬进了外婆家。

现在，我必须每天给外婆做饭了。

从长途汽车站无功而返之后，我去了派出所，但失踪要超过 48 小时才立案。

妈妈昨天晚上才给外婆送过饭，所以，还不到 48 小时。

在接下来的时间里，我必须等待。

搬进外婆家的时候，跟楼上的人擦身而过。

“我帮你吧。”他要接过我手里的东西。“滚开！”我用尽全身力气，恶狠狠地对他说。

16

我一直在哭。

在客厅里哭，在厨房里哭，把饭菜端上桌的时候，因为眼泪流下来看不清路，差点踢到椅子打翻汤碗。

“你到底是在哭什么啊！”外婆很生气地说，“你妈妈会回来的！”

“你怎么知道！”

好想外婆充满自信地告诉我“我比你知道”啊，但她就是一声不吭地端起了饭碗。

吃完饭，我在水槽边一边哭一边洗碗的时候，听见外面，外婆给人开门了。

我冲出去。

客厅里站着一个女人，我不认识。

“你是王娟娟?”她冷着脸问我。

“你是哪位?”

“你别问我是谁。你问你自己要不要脸?”

“你有病吧——”

我话音还没落，这个女人忽然尖叫了一声，扑上来揪住了我的头发。

“我杀了你，我杀了你哦！”她哭喊起来，“你有什么了不起！

抢人家老公的骚货!”

这人是把我跟我妈搞混了吗？不可能吧……但我来不及想了，头皮火辣辣地疼，我跟这个女疯子撕打了起来。女人一边打一边尖叫“看不惯你好久了！自己没人要，就抢别人老公，呸!”我用力抓住她的双手，把她往门外推。“你敢打我，你敢打我，啊!”女人一口咬住了我的手指。

“啊——”这一声惨叫是我和那女人同时发出的。

外婆不知什么时候，从水槽里捞出了一只碗，扑过来砸向了那个女人的头。

17

手指上的伤包裹好了。但受伤更为惨重的是头发，真的被撕下来好几把。

这么一闹，我反而一滴眼泪都没有了。

外婆还在一边跳脚，声音响彻了整个急诊部。

“哪里来的疯女人打我外孙女！我*&%￥&%”要说骂脏话的能力，我们家没人比得过外婆。她当年在小吃店当会计，被人举报了贪污，要在单位内部批斗，她就站在台子上，把举报她的人骂得狗血淋头。

“你算了……啊，不要骂了!”我伸手扯了她一下，这一用力，受伤的手指又要断开似的疼。

刚才，邹军过来把他老婆带走了。我不知道，他老婆是给他车子里装了监视器还是怎么，但看着他那狼狈的样子，我什么也不想说。

有什么好说的呢，我们早已经不是少男少女了。

“你就是没用！让别人欺负！自己的老公都管不住！”外婆又开始数落，忽然“啪”的一掌拍到我脸上。我拿手一挡，但忽然意识到，她是把我当成我妈了。

妈妈为什么一点都没遗传到外婆彪悍的个性呢？因为她恨死了这种个性吧，外婆能吵架的名声传得太广，让她被人嘲笑，出乖露丑。

妈妈在哪里呢？

我是不是不该回来啊……

我坐在冰冷的椅子上，身体往后靠了一靠，伸直了腿。外婆又用力打我：“你在这干什么，你这样丑不丑……”我抓住她的手：“别吵啦，我好累啊外婆。”真想马上就在这里睡一觉啊，真想再也不起来就好了。

这时候有人拍了拍我的脸。

“你没事吧。”

刚才我进医院的时候，想着可能碰见他，心扑通乱跳了几下。不过现在倒也无所谓了。

“我在住院部……听到就过来了。”

是被我外婆的骂声吸引过来的吧。

“你没事吧，我送你回家，来。”他把我拉起来，转过头对外婆说："奶奶，我们回家。"

好奇怪的是，外婆看了他一眼，居然止住了骂声。然后，她把手伸给了他。真的，他真是一个受女生欢迎的人啊，想到这点，忽然觉得有些好笑起来。

回到家以后，外婆像什么事也没发生过一样，倒头就睡。

"你还要回去值班吧。"

"我不去了。"

他侧着头，好像确认了一下外婆打呼噜的声音。

"在这里说说话没关系吧？"

"没事，我也有话要对你说。"

"我先说吧。你别难过了，那对夫妻闹了不止一回了。刚才我听护士说的，说那个老婆经常咬书膏，还有两次自杀送到医院来了"

"哈？"

"总之你同学这一对挺出名的。女的应该是产后抑郁症一直没好，男的过得也很痛苦，所以总是在外面拈花惹草。"

"是因为他总拈花惹草，所以老婆的抑郁症才不会好。"

"都过成这样了为什么不干脆离婚呢？"

"也许这就是他们的相处方式吧。"我说，"一个家庭是很难拆散的。"

"你是不是对这里的生活很失望，很看不起？"他问我，"发生一点什么小事就所有人都知道了，就连搞外遇都是来来回回几个人……很没意思吧？"

我没有回答。失望……是肯定的。然而，即使不是在这里，生活中就不会有失望吗？失望，或早或晚，总会来的。

“对了，你要跟我说什么？”

“我要跟你说……”我看着窗外。客厅里没有亮灯，只有路灯的光，淡白色的，从窗户里映进来，“我要跟你说，那件事就别放心上了。”

他好像愣了一秒，好像在思考我说的是“哪件事”。

“真的别放在心上。”我说，“我不后悔跟你睡了，不，可能有一点点后悔，但是，这件事没什么意义。你跟你女朋友更合适。”

“我已经分手了哎。”

“你分手是你的事。反正，我不想再搅进乱七八糟的关系里了。”

“你是因为今晚的事，还是因为你妈？”

“怎么我妈的事你也知道？”说到妈妈，我又烦躁起来，伸手推着他的胳膊，“你走吧，我要睡了。”

“你妈就算出了什么事也不是你的责任啊，是因为……”

“你给我滚啊！”

我们在黑暗中推搡了一阵，最后他被我推出了门。

18

“是王娟娟吗？”

"是我。"

"麻烦你到派出所来一趟，你妈妈我们找到了。"

这么快就找到了……我倒有些诧异。到了派出所，却没看到妈妈的人。

"是这样的，我们根据身份证信息，查到了你妈妈的开房记录。"派出所的民警一副不耐烦的模样，"就在城南的迎宾宾馆，蛮好的四星级，你自己去找吧，房间号802。"

"你们不去找吗？"

"我们没有时间啊，一般都家属自己去。"民警说，"要是那什么……场面也不好看，是吧。"

他脸上神秘兮兮的神情让我想跟他吵一架。打车到了宾馆，前台也不需要登记，我直接就去了802号房。敲门说"服务员"，马上就有人来打开了门。

看见是我，妈妈做出一个惊慌失措的表情，转身就往屋里面跑。

"妈，你跑这来干什么啊！"

"你不要管！这个家里根本就没人管我死活！"妈妈哭了起来。

事情的原因是出乎意料的。

我一开始也以为，妈妈是不是因为跟我吵了架离家出走，或是跟相好的人私奔了，甚至还有更可怕的念头。

但她突然搬出来，是因为舅舅给她打了个电话，说要收回房子。

"舅舅有病吧，我们照顾外婆这么久，不说房子给你了吗？"

“反正，大家都不当我一回事，你走吧，我不想见你。”妈妈用被子蒙住了头。

“我还不想见你呢!”我说，“多大点事情为什么不跟我们商量?”

“是的吧，在你眼里自己一点屁大的事都是大事，我的事都是小事。”

跟妈妈就这样吵起来了。

我觉得自己有充分正当的理由。当然，因为一点点小事就离家出走，让家里人担心、报警，最后却连城也没出，一个人住在宾馆里，让派出所的人看笑话。说不定人家还会觉得是跟谁一起出来开房。不，最可笑的是我自己。因为担心她出了事，我一下子陷入了自怜自责的深渊，还连带着把责任推到了别人身上。

“你什么时候才能成熟啊！你不要总是让我觉得我才是妈，你是女儿!”

“你别这么放狠话，你以后就当没有我这个妈好了!”

“那你就在这里住到死吧!”

我头脑一热，拉开门冲了出去。

飞快穿过大堂时，听见有人叫我的名字。

“小卷?”

小卷啊……久违了。

“好久不见了啊。”他说，打量着我，“你怎么……”

“哦，我，我来找个人。”我不由得伸出手指，抓了抓自己的头发。

19

“真没想到这么巧，刚来这里就遇见你了。”

那是因为我们这里唯有一家还可以的酒店吧。

真没想到，这辈子还可以跟他坐下来聊天。大堂的服务员把两杯咖啡端上来的时候，一眼看见碟子的边缘有些破损，我简直像被人掐住了脖子似的，感到一阵难堪。

“你怎么没说一声就走了。”他说，“我跟你老板问了好久，他一开始还不肯告诉我。”

“他后来还是告诉你了，所以，”我说，“你给了他什么好处？”

他怔了一下：“你还是跟以前一样。”

“你有什么事吗，没事我要走了，我还得回家做饭呢。”

“你？做饭？”

我以前是从来不做饭的。而这也是他欣赏的地方。不会做饭、不会化妆也不会跟人交际的我，唯有在工作上特别寸土必争，完成得如何另说，该收的钱绝对一分不能少。有一次，因为财务打款慢了一周，我直接打了电话给他要钱。就是这样，我们慢慢开始熟悉起来。

一开始总会觉得自己对对方是独一无二的，就算知道他有妻子、有家庭，也觉得这是一份珍贵的恋情。他曾经说，感觉我很像他的大学同学。

“怎么讲?”

“我们班的女生那时候偶像都是居里夫人，比男生还有事业心。现在的姑娘好像这样想的很少了。”

有人能欣赏独一无二的自己，能被人这样夸赞，真是满足虚荣心啊，直到有一天，我见到了他太太。

那个女人当然不会上演“打小三”的丑态。当她坐在我面前的时候，我感觉，自己就是她的翻版，只是一个更年轻、更无知的版本。

“真正的家庭是拆不散的。”她对我说，“我们年轻的时候，他因为一些原因被遣送回原籍，我等了他三年，动用了家里所有的关系让他回了北京。我们一路扶持着走过来，有没有钱，有没有车子房子，有没有小孩，其实都不重要了。你为什么不去找这样一个能跟你一路走来的人呢?”

就这样，我败下阵来。当然还有其他的事，但我内心知道，他妻子在我面前表现出来的平静，带给我一阵深深的失望。失望，觉得所谓的爱情只是自己的臆想，自己喜欢上的，只不过是一个平凡的、想在婚姻中出来透透气的男人罢了。

“我真的要走了。”我站起来说。他跟着也站了起来。

“看！就在那!”

不远处响起了一个清脆的、更年轻女性的声音。然后，“咻”的一下，她出现在我面前。

“曾平平你看嘛，我就说她跟男人到酒店来开房了嘛。”她指着我，得意洋洋地对站在酒店门口的年轻男人说。

“你，你，你有病吧!”我气炸了，“你跟踪我?”

如果不是这时候，一个服务员忙乱地冲下来喊着“叫救护车”，我可能会跟她打起来。

“有人在房间里吃安眠药!”服务员惊慌失措地喊道。

20

没想到，妈妈这次是来真的。

她事先已经准备了安眠药在身边……带在身边，一直没有吃，直到我对她说“你在这里住到死吧”。

救护车没有叫。曾平平经验丰富，叫了一辆出租车，把我妈送进了医院。

这一下，我们一家三个女人，可都在医院的急诊科报过到了。

妈妈被送进诊疗室洗胃，我坐在椅子上等。曾平平坐在我身边——他刚才推了女朋友一把，然后就吃了好几巴掌。

“你没事吧?别担心，你妈妈才刚吃下去不久，不会有事的。”

“嗯。”

“真的，别担心。”

“你打了院长朋友的女儿，不会在这医院待不下去了吧?”

“现在就别想这事了。”

“你女朋友怎么知道你……”

“我喜欢你啊。我觉得谁都能看出来，你外婆老年痴呆都看出来了，就你好像没感觉。”

“我外婆怎么看出来了？”

“装睡嘛，那天晚上。”他说，“我跟你一说话，她里面呼噜就停了。”

“她怎么能这样！”

“我觉得她很可爱，真的。你们一家人都很可爱。我就喜欢看你们吵架的样子。”

“你有毛病吧。”

“没有啊。看到你们吵架的样子，就觉得，这是一家人啊。所以你要跟我吵架，我也很欢迎，也许这说明你也把我当成家人了。”

我想说你自我感觉太好了，可他随即话锋一转。

“刚才那个，是你男朋友吧？就是你的那个婚外恋。”

我点点头。

“蛮帅的呀。你们为什么分手呢？”

“因为……”

本来这件事，觉得对任何人都不能说。可是，坐在身边的这个人，跟任何人是不同的。他好像在问“你今天想吃什么”一样问出了这件事，我有一种感觉，无论对他说什么，都不会被嘲笑，都会被理解，因为，他就是这样一个人。

“因为我不小心怀孕了。怀孕了以后……他让他太太来跟我说，他们没有孩子，如果孩子生下来，验过 DNA 的确是他的，那他们就可以收养。”

这番话说完以后，空气里有一阵短暂的沉默。穿着白衣的医生、护士走过我们眼前，看上去都是一副非常好奇但又拼命克制住的神情。不过，我已经不在乎了。

“你知道我为什么喜欢你吗?”

“为什么?”

“我觉得你又聪明又坚强。”他说完，赶紧又补充一句，“长得也好漂亮。”

是吗？我是一个聪明又坚强的人吗？能被人这么想着，总之是一种幸运。

“我可能，还是会回北京。”我说，“我回去，把我现在的房子给我妈住。”

“那我也去。”

“你别傻啦。”

他忽然紧紧地握住了我的手。

“你还得去见他吗?”

我点点头。

“那，待会我送你妈回家。”

21

还是得见一见啊。

不见，反而是不可能的。

我不确定，我这样不管不顾地跑回来，是不是就是为了他来找我的这天。拼命地让合作伙伴不能泄漏我的行踪，也是为了总有一天会泄漏给他。发誓不会见他就是为了再见到他。当他又一次站在我面前时，一点都不出乎意料，我发现，这个人还是那么的与众不同。

“我后来才知道她去找你。”

“嗯。”

“你怀孕的事也不是我对她说的。我给你买了叶酸，但是放在包里，被她发现了。”

“你给我买那个干什么……”

他没有回答。在他的脸上，我还是第一次看到那么茫然、好像小孩子做错事了一般的表情。请你说话吧，无论你说什么，我都能接受，也都能原谅。我想伸出手去摸一摸他的脸，就像以前无数次做过的那样……虽然我知道，我没有那个权利。

“我也不知道。”最后，他这么说。

嗯，我也不知道。在那一刻，我想谢谢他对我的诚实。

“但是，我还是想见你。”

“为什么?”

“我想跟你说，对不起。”

22

回到外婆家的时候，家里的灯全都点亮着。

外婆在客厅里坐着。妈妈也坐在沙发上。她在哭。

怎么，把我妈送到我外婆家来了！果然是个不会办事的家伙。但他也有可能是故意这么做的。

“妈……对不起。”

我坐到了妈妈身边，感到精疲力尽。

第二天早晨醒来，我发现自己躺在沙发上。

浑身就像被人打过了一样疼。

昨天晚上后来妈妈说了些什么，我一下子记不清了。反正，宁静祥和的局面没有出现，她跟外婆在吵架。

妈妈说，舅舅打电话跟她说了，外婆已经同意卖掉房子。外婆则矢口否认。她们两人越吵越凶，妈妈控诉外婆一直偏心舅舅，她在家里从来没有得到过爱，外婆后来也哭了起来，说不知道为什么自己养大的女儿把她恨成了这样，说她还是快点死了好，要把遗产全部留给我。

我很想劝架来着，但是，无论如何也醒不来。后来，这一场吵架就像发生在梦里一样。在沉沉压过来的睡意里，那两个女人此起彼伏的声音，反而让我感到一阵安心。

只要还有力气吵架，日子就过得下去……那个人，这句话倒是没说错。

我挣扎着想起来，妈妈的手伸过来，一把按住我。

“再睡一会儿吧，你发烧了。”

她这么一说，我才察觉自己全身的确发着热。

“你外婆跟舅舅讲了，她住到那个房子里去，我住在这里，只要她还没死，房子就不准卖。”

好像，早晨我是听见外婆打电话，飙着脏话把舅舅骂了个狗血淋头。

那么，这件事情算是解决了。可是妈妈的声音里仍然透着烦恼。

她还有话想跟我说。她想说什么呢？

“娟娟啊，我知道你报公务员了。”一番迟疑以后，她终于说出口，“……你复习得怎么样了？”

听到这句话，我“噗”的一下笑了出来。

妈妈的口气就跟我还在上中学似的。

“妈妈，早饭吃什么？”我说，“给我做烧麦吗？”

“我是想做点好的，可你外婆偏偏要做面条汤。”

“病人就应该吃面条汤！你懂什么！”厨房里，外婆大声地抬杠道。她好像以前说过，病人就要吃清淡的，没有这个天理。

妈妈站了起来：“我去看她一下，她根本就不会做饭。”

这就是我们一家人。绝对不能住在一起，不然恐怕会把房子炸掉，可是，当我们三个人在桌前坐下，妈妈给每人面前盛了一碗汤，还是会觉得，这是一个没法拆散的家庭吧。

这就是外婆给妈妈做过的面条汤……碗里是好像全然没有内容的白色液体。喝下去一口，带着胡椒和生姜辛辣气味的汤柔顺地滑过喉咙，在那一刻，我忽然有种感觉，不知道怎么形容，反正就是，哎，什么也不用说了吧。

什么也不用说了。五十岁妈妈的感情纠纷。七十岁外婆注定不断恶化的病症。即将三十岁而一无所成的我。

先把这口汤喝下去吧。

23

下楼倒垃圾的时候，我遇见那个人。

一看见我，他就哭丧着脸说：“你说得没错啊。”

“我说什么了？”

“我在医院可能混不下去了……”

他被从住院部调到了急诊科。

“急诊啊，钱又少，又累，又没前途。我可能要死了。”

我感到一阵好笑。他那摧眉搭眼的样子，让我怎么也讨厌不起来，也严厉不起来。

“不会死的啦。过几年就好了。”

“实在不行我可能真的要去北京了。”

“你去干吗，做无痛人流？”

听到我这句话，他怔了一下，接着喷出一阵恐怖的笑声。

“可……可以啊，你呢？”笑完之后，他好像又精神了起来，“你男朋友走了吧？”

“前男友。”

“你呢？”

“我……”

我不知道。前男友说希望我回北京，已经跟朋友谈好，给我一份常驻海外的工作。“不要意气用事，你不适合待在这种小地方。你根本就不是这样的女人，不管发生什么事，你都会走得越来越远。”

他说的可能是对的。但是，意气用事本来就是我这人的主要特性。

不管多么灰头土脸，我们家的女人好像就是有种你说东我偏要往西的倔强。

“我跟你讲啊，我最近有新的人生感悟。”见我不说话，他忽然又改变了话题。

“什么?”

“就是，车到山前必有路。”

什……什么啊?

“我也不知道该怎么说，”他挠了挠头，“总之，你明白就好。”

“加油咧!”

说完，他跳上一辆看上去是新买的自行车，歪歪斜斜地骑走了。

在深秋午后的阳光里，我久久地、久久地凝视着他的背影。

我不知道。前男友说希望我回北京，已经跟朋友谈好，给我一份常驻海外的工作。“不要意气用事，你不适合待在这种小地方。你根本就不是这样的女人，不管发生什么事，你都会走得越来越远。”

他说的可能是对的。但是，意气用事本来就是我这人的主要特性。

不管多么灰头土脸，我们家的女人好像就是有种你说东我偏要往西的倔强。

“我跟你讲啊，我最近有新的人生感悟。”见我不说话，他忽然又改变了话题。

“什么?”

“就是，车到山前必有路。”

什……什么啊?

“我也不知道该怎么说，”他挠了挠头，“总之，你明白就好。”

“加油咧!”

说完，他跳上一辆看上去是新买的自行车，歪歪斜斜地骑走了。

在深秋午后的阳光里，我久久地、久久地凝视着他的背影。